クラとホシとマル

―― お花畑ができるまで ――

Kura, Hoshi & Maru

―― Making of a Flower Garden ――

絵と文　前野佳彦

Illustration & Story by Yoshihiko Maeno

Texnai

お花たちはにこにこ肩を寄せ合って、秋の穏やかな日差しを楽しんでいました。

目　次

表紙挿絵：〈星空へ〉
裏表紙挿絵：〈クラ〉

まえがき

　同じ山に何度か登っていますと、ごく短い間に起きた自然の変化にしばしば驚かされることがあります。たとえば岩尾根が始まるあたりで必ず一服する癖があるとしますと、もう勝手知ったるそこいらで、以前見なかったはずの高山植物を見つけて驚いたりするのです。いくら温暖化が進んでいるとはいえ、ここいらは秋口には雪がもう舞うこともあるのです。お花にはちょっと厳しすぎる高山ではないかと思うのですが、でもお花たちはにこにこ肩を寄せ合って、秋の穏やかな日差しを楽しんでいました。

　これはしかしあたりまえのことなのかもしれません。火山が突然大噴火して、ふもとの森が焼けてしまうようなことは、わたしたちのこの国ではもう数え切れないほど起きてきたわけです。しかしそうした荒れ地そのものになった森も、また何百年、時には何千年もかけて、以前にもまさる深い立派な森に生まれ変わることが、これもまたしばしばあるのです。そのようにして、以前はこの火山列島にはいなかったわたしたち人間も、いつのまにかこの国にたどりつき、そしてこの国の穏やかな美しい森や山を愛するひとつのいきものになりました。ですから岩尾根のふもと、もう雪山がすぐそばまできているあたりで、たとえばこのかわいいチングルマの群落を見つけたとしても、びっくりするよりは、ああ、こうしてみんな生き物たちはあたらしい土地をめざして、そしていつかはちゃんと見つけるのだなと感じる方が正しいのかもしれません。

　ただやはり最初に、だれも住んでいない森や岩場にやってきた小鳥、草花、そして人間たちは、つづいてきたわたしたちよりは、「さきがけ」として、それはたいへんに苦労もしたでしょうし、またその苦労がむくわれるような大きな大きな体験をしたのではないかと思います。たとえば思いがけない生き物にであい、意気投合し、そして固い友情を結んだかもしれません。人間の子供が初めて来た森で、子ジカや子グマとしょうがい変わらぬ友情を結ぶとすれば……この、まだ新しい土地について間もない子供のチングルマは、だれと、どういう友情を結んだのでしょうか。

　そういうことをぼんやり考えながら、岩尾根を歩き、日が暮れたので予定の山小屋で泊まり、美しい夜空を見上げていますと、そういえばあの岩場にはちゃんとハチ、それも元気者のマルハナバチがいたことを思い出しました。マルハナバチといえば、もうチングルマのような高山植物にとっては、欠かせないはたらきものの「産婆」さんです。ですから最初のチングルマがあそこにやってきたとき、意気投合したマルハナバチの子がいたこと、それはたしかです。マルという名前の、まだどのめしべに花粉がついてないかにすぐ気がつく、元気な優しい子だったかもしれません。

　それからもう一つ、その岩場にはあちこち小さな穴があいていて、どうやら最初のチングルマの種も、その穴にたどりついて、厳しい高山の冬場を無事越すことができたようなのです。その穴にはハイマツの実がいくつか散っていて、薄茶色の鳥の羽もありましたから、これはどうやらあのひょうきんもののホシガラス、たとえばホシという名前の子供のホシガラスが、冬場にそなえて大好物のハイマツの種を蓄えておいたのかもしれません。するとこの群落の最初のチングルマ、たとえばクラという名前でもいいのですが、このクラはどこかでホシと出会って、そしてこのホシの貯蔵庫にたどり着いたのかなとも思うのです。

　そういうことをぼんやり思いながら、降り注いでくるような星空を見上げておりますと、そこにたしかにチングルマのクラと、ホシガラスのホシと、マルハナバチのマルが、まだなかよく天の川のあたりを飛んでいるように感じました。

　そのぼんやりとした、でもなにかしらしんみりと楽しい感じから、この物語は生まれたのです。

この小さな森の空き地でも、チングルマのお母さんが、子供たちを飛ばす準備をしています。

6

第一章　森の空き地

1

　チングルマはバラの仲間です。でももっとずっと小さく、湿原や山腹の草原に咲く高山植物です。山の短い夏に遅れないように、白い小さな花をたくさん咲かせ、その中央のしべは、カドミウムイエローくらいの強い黄色でしっかりと塗りこみます。もちろんハチやチョウたちを呼んで、お産婆さんの役をしてもらうためです。うまくいきますと、夏の終わりごろ、紫の羽毛のような綿毛がたくさんある種をいっぱいつけます。この紫がクリーム色くらいに変わるころ、その綿毛を風に乗せて、遠くまで種を飛ばすのです。普通の草花より広い範囲を自由に飛び交い、新しい土地を見つけることが上手なので、「さきがけのお花」と呼ばれています。そして草花の間でも、虫たちの間でも、小鳥たちの間でも大変に尊敬されています。何もなかったところに、そういう草花の群落ができれば、それはみんなのためになるからです。

　今、この小さな森の空き地でも、チングルマのお母さんが、子供たちを飛ばす準備をしています。まわりが森なので、うまく上向きの風が来てくれるかとても心配です。森を出て、草原の方に飛んでいってくれないと、森の中ではお日様の光が弱く、たとえ芽吹いてもお母さんになることができないからです。

お母さんはもともと、奥山の大きな火山のふもとにある、立派な湿原で生まれました。

2

　お母さんはもともと、奥山の大きな火山のふもとにある、立派な湿原で生まれました。末っ子で、お母さんの祝福を受けて夏の終わりごろ、風に乗ってはるばるこの「新開地」にまで飛んできたのです。姉さんたちは、みなその広々とした湿原のあちこちに飛んでいきました。でもお母さんはなぜか、「遠くに行きなさい、わたしたちの仲間がまだまったくいないほどの遠くに。ここはもうあなたの暮らす場所ではありません。」と言って、湿原の神様に頼み、えんじゃの風の精霊様にいい風を送ってもらって、かわいい末娘を遠い世界に送り出したのです。

お母さんは立派なマツの倒木のそばに降りたちました。

3

　お母さんは、どうして自分だけ遠い世界に旅しなければならないんだろう、お姉さんたちはみんなああして広々とした湿原に楽しそうに舞い降りていくのにと思い、悲しくなりました。この湿原は、それは生き物たちがたくさん仲良く暮らしていることで有名で、「楽園」と呼ばれているほどなのです。でも、この湿原で一番古いくらいの名家に生まれた、れきしやこじに通じたお母さんの言うことですから、きっと何か深いわけがあるんだろうと思いました。それでがまんして、少し冷たい風に乗っていったのです。そうして尾根を二つも越え、深い森や渓流を渡って、はるばるとこの森の空き地にたどりついたのでした。その当時、ここはまだ今より草はずっとせたけが低く、お母さんが最初に着いたくらいの花の種でした。お母さんは立派なマツの倒木のそばに降りたちましたが、さいわい日陰側ではなく、日向側でしたので、立派に芽吹き、次の年にはたくさんの花を咲かせることができたのです。

「遠くに行くんですよ、森の中にとまっちゃだめですよ、あと
に続くお花たちのために、新しい世界をきりひらくんですよ。」

4

　それからお母さんは、毎年たくさんの子供たちを風に乗せて飛ばしました。空き地は日当たりがいいので、やがてほかの高山植物も少しずつやってきて、小さいながら、とてもきれいな群落ができたのです。チングルマは、だいたいこういう群落では一番乗りです。それは種が軽く、羽毛のような綿毛のせいで、遠くまで飛ぶからです。しかし背丈の低い、そしてお日様の光をたくさん必要とする花ですので、雑草がおいしげり始めると、もう暮らせなくなるのでした。ですから、雑草が育たないほど寒く、かといって寒すぎず、湿気があって日当たりがいい場所が一番長く暮らせる場所なのです。それで自然に高原の湿原が、そういうれきしをもった名家が多いあたりになるのでした。

　今お母さんは、こういう大事なれきしとこじを子供たちに教えてあげているのですが、子供たちはもうそわそわして、風の気配を少しでも感じるとぷるぷるっと羽毛をふるわせ、一番のりで飛び立とうとするのです。あとリュックサックやすいとうや、おべんとうのこともありますし、つまりじんせいではじめての大遠足なわけですから、それはそわそわするなという方が無理でした。ですからお母さんもちょっとため息をついて、「まだ子供だから。」とつぶやきながら、やさしく世話をやいてあげるのです。そして風が来て、子供たちがいっせいに舞い上がると、「遠くに行くんですよ、森の中にとまっちゃだめですよ、あとに続くお花たちのために、新しい世界をきりひらくんですよ。」と一番大事なことだけを後から言ってあげるのです。でももう子供たちはわいわいがやがや、人生一度のしゅうがくりょこうにこうふんして、お母さんの言葉はほとんど聞こえませんでした。お母さんはため息をついて、子供たちがらんざつに散らしたふとんをたたみ、冬支度を始めるのです。

「お母さん、わたし、いつ飛ぶの？」クラは聞きました。
yoki

5

　ところが子供部屋を整理しようとしますと、部屋のすみにまだ小さな女の子がしゃがんで、にこにこ笑いながらこちらを見ていることに気がつきました。そうだった、クラがいたんだったとお母さんもほほえみました。末っ子の種で、まだ体がずいぶん小さいので、お姉さんたちといっしょに飛ぶと早すぎますよと注意してあげたのです。その言いつけをきっちり守っているようでした。

　「お母さん、わたし、いつ飛ぶの？」クラは聞きました。

　「お姉さんたちと同じくらいの大きさになってからですよ。今はまだ羽毛が小さくて、すぐ落ちてしまいますからね。」

　お母さんはクラの横にすわって、クラをのぞきこむようにしました。

　「でもね、秋が終わりに近づいて風が冷たく強くなると、あの山の頂上まで飛ばされて凍えてしまうからね、だからその前には飛ばないといけませんよ。」

　「はあい。」クラは返事をしてにこっと笑いました。

　「お母さんも末っ子だったんでしょう？　一番遅く、そして一番遠く飛んだんでしょう？　わたしたち、似てるね。」

　お母さんはああそうだった、わたしも末っ子だったと思い出しました。そして今自分が言っていることを、自分のお母さんも言ってくれたことを思い出したのです。

「風の精霊様にあそこがいいですって言って、やさしいそよ風を吹いてもらったの。」

6

「お母さんは末っ子だから、こんな遠いところに来たの？　お母さんの姉さんたちはみんなその楽園の湿原の、いいお家にお嫁入りしていったんでしょう？」
　クラはこう聞きます。お母さんは、ああ、この子は上の子たちとちがって、しっかりわたしの話を聞いて、そして憶えてくれている、ほんとうにいい子だなと感心しました。
　「いいえ、そうじゃないわ。まだ湿原にはたくさん、お母さんをお嫁に欲しがるお家もあったのよ。でもね、お母さんのお母さんは遠くまで飛んでいきなさい、ここはもうしばらくしたら住めなくなるからっておっしゃったの。わたしは、ほんとかな、わたしをなぐさめるためにそういうこと言って下さるのかなって思ったけど、この年になってね、いろいろじんせいけいけんをつむと、ああその通りだなって分かったの。その通りのことを、クラにも言わなきゃいけなくなりましたからね。」

「その通りのこと？」
「そう、ここはね、お母さんが来た時はまだしんかいちだったのよ。上のお空から見たらね、深い深い森の中で、ここだけぽっかり空き地だったの。ああ、あそこならりっぱな『さきがけ』になれるかなって思って、風の精霊様にあそこがいいですって言って、やさしいそよ風を吹いてもらったの。舞い降りたらお母さんが一番乗りだったから、ちょっとさびしかった。でも後から来たお花はね、あなたがここで一番の名家になって、すえながく尊敬されるでしょうって言ってくれたのよ。でもそうはならなかった。ほら、見てみなさい。もう下草がお母さんの背丈くらいになってるでしょう。だからまた新しい場所を見つけて、そこに一番乗りして、他のお花を呼んであげるの、それがお前の人生ですよ。わたしたちはお花のさきがけ、だからみんなが頼りにして、尊敬してくれるんですからね。」

「はあい。お母さんもりっぱなさきがけだったんだ。わたしたち、似てるね。」
　クラはこう言ってにこにこ笑います。お母さんは自分の旅の苦労を話してあげ
ようとしていたのですが、あんまりクラがむじゃきで、そしてかわいいので、や
めておきました。クラはクラの苦労をするだろう、それがさきがけのお花のそれ
ぞれのじんせいの意味でもあるのだから、と思い直したからです。

「ヤナギさんの仲間とか、そういう『さきがけ』に
なる木が来て、少しずつ森を作り直してくれるの。」

7

　お母さんは、自分の旅の苦労は話しませんでしたが、そのかわり、この空き地のれきしとこじを教えてくれました。お母さんはそれを最初お世話になった、マツの倒木のおじいさんから教わったのだそうです。

　それによりますと、最初ここにはもう本当に深い立派な森があったのですが、あの遠くの火山が大噴火をした時、その溶岩や噴火した岩石が飛んできて山火事になり、すっかり焼けてしまったそうです。そればかりでなく、火山灰におおわれて、もうさばくのように、草木も動物も暮らせない不毛の土地になったのでした。

　「でもね、本当に暮らせない土地はないの。からからのさばくだって、少し湿気さえあれば、大きな生き物も生きていけるのよ。だから火山の噴火で荒れ野になった森にもね、ヤナギさんの仲間とか、そういう『さきがけ』になる木が来て、少しずつ森を作り直してくれるの。そういうえらい木の方々は、すこしわたしたちにも似てるのよ。わたしたちはお花の『さきがけ』ですからね。」

「だからお母さん、ここですごく尊敬されてるんだね。わたし知ってるよ。リンドウのおばさんから聞いた。」

お母さんはにっこり笑いました。そしてこう言いました。

「だからね、クラも遠くに飛んでいって、まだお花がいない日当たりのいいところを見つけて、いいお母さんになるのよ。そうしたらリンドウさんも、キスゲさんも、ああここなら暮らせるんだなって安心して、小鳥さんたちに種を送ってもらえるでしょう。」

　クラはこっくりうなずきました。お母さんはなんだか胸がいっぱいになってしまいました。

満天の星空がとても美しく照り映える夜に、地上
の森で遊びたくなって降りてくるのだそうです。

8

　この森のれきしのおはなしは、星空から来るカラスのお話に続いていきました。その青い透明なカラスの神様は、特にマツの木があつく信仰する森のまもり手で、満天の星空がとても美しく照り映える夜に、地上の森で遊びたくなって降りてくるのだそうです。そしてマツの実を使ったすごろく遊びをやるために、あちこちから実を集めて、山の頂上の近くの開けた場所で、子孫のカラスの子供たちといっしょに一日中遊ぶのです。

　「それでね、神様はただ遊んでらっしゃるんだけど、そうやってマツの種を遠くまで運んでくれるでしょう。だから遊びでちらかった種から、芽が吹いて、苗木になって、やがて大木になることもあるのよ。それでその星空のカラス様は、『森のいのちのまもり手』とも呼ばれてるの。マツの大木が一本あれば、ほんとうにたくさんの命を養えるわけですからね。」

　「ふうん、えらいカラス様だね。わたしも知り合いになれるといいな。」

　クラはきらきらと目を輝かせながらこう言いました。

『ホシガラスの人生すごろく』っていう、それは楽し
い遊びの最中に『勝ち目』がたくさんでたので……

28

9

　「今はもうすっかり朽ち木になられたけど、ここにあるマツの倒木はね、まだお母さんが来たばかりのころは、長老マツとして最後のお仕事をされてたの。それでお母さんにも森のれきしやこじをたくさん教えて下さったんだけど、とても信仰心のあつい方でね、星空のきれいな晩には、かならずホシガラス座の方を見上げて、『きょうもじんせいをたのしませていただきました。』って言っておじぎをなさるのよ。もともとね、そのすごろくに使ってもらってた種だったんですって。それで『ホシガラスの人生すごろく』っていう、それは楽しい遊びの最中に『勝ち目』がたくさんでたので、喜ばれた神様が、お礼にって、森の一番いい場所まで運んで埋めて下さったの。」

　「ふうん、わたしも草原の一番いい場所に運んでくれないかな、そのカラスの神様。」

　「それは駄目。綿毛じゃすごろくできないでしょう。」

　お母さんがこう言って、やさしくクラの頭をなでると、クラも納得したようでした。

「自分が森をまもるって嵐に立ち向かわれて、じゅんしょくされたのよ。」

１０

「でも大木になったマツのおじいさん、倒れてしまったんでしょう。どうして？病気になられたの。」

　クラは、おじいさんの倒木に生えている小さな白いキノコをちょっと見ながら、こう言いました。きれいなキノコだなといつも思うのですが、少し人見知りをする子なので、まだ声をかける勇気がもてないのです。

「いいえ、病気じゃなくて、台風の大風で倒れてしまったの。ご一族の十本ほどのマツといっしょに、一夜でなぎ倒されたの。そのマツたちは若木でね、風で吹き飛ばされてしまったのよ。それほど強い嵐だったんですって。おじいさんマツは森の長老だから、自分が森をまもるって嵐に立ち向かわれて、じゅんしょくされたのよ。」

　お母さんがしんみりした口調でこう言うと、クラも考え深げな目で、またその苔むした倒木を見ました。

「ふうん、えらいおじいさんだね。わたしもそういうえらいお花になりたいな。自分の仲間をまもる、そういうお花。」

　お母さんはほほえみながら、またクラの頭をなでました。

お母さんとクラは毎日風を待っていました。

第二章　旅立ち

１１

　クラの綿毛は、それからしばらくして無事生えそろいました。まだ体は小さいのですが、がくのしぼうぶんを使った、栄養価の高いお弁当もお母さんが持たせてくれますので、それを食べながら飛び続ければ、立派に芽吹ける体に育つはずです。それにもう秋の冷たい風が吹き始めていて、ちゃんと今年中に根を張らないと冬が越せなくなります。ですからお母さんとクラは毎日風を待っていました。強からず、弱からず、横向きに森を吹きぬけるのでなく、まず上空に舞い上がり、それからゆっくりと森をなでるようにして山の中腹に向かう、そういう風です。こういう風はとても少ないのです。そのこともまた、年々「お花のじんせい」を難しくしていることでした。つまり風の精霊様たちはいらっしゃるのですが、もうあちこちの森や山が暑くなりすぎたり、湿っぽくなりすぎたり、その逆に乾きすぎたりしてその「調整」に追われるのです。そしてまた台風の心配もあります。

それでなかなかお花の種を飛ばすそよ風までは手が回らなくなっているのでした。
つまり「おんだんか」のしわ寄せといいますか、そういう「かんきょうの変化」
がじわじわと、この気持ちの良い森の空き地にまで押し寄せているようなのです。
　お母さんが風を待ってやきもきしているのを見かねた、隣のリンドウのおばさ
んがこう声をかけました。
　「きのうおしゃべりのオオムラサキから聞いたんだけど、森のはしに流れの秋風
が来ているようですよ。その風にクラを乗せてあげたらどうでしょう。」
　「そうですね……もうぜいたくは言ってられないかもしれませんね……」
　お母さんがこう言って小さくため息をつくと、まだリンドウにとまっていた、
マルという名の小さなマルハナバチが、なぐさめるように言いました。
　「秋風としてはぬるめだし、まあちょっといいかげんなとこもあります。でも悪

いやつじゃありません。お母さん心配なら、ボク途中までついていってあげましょうか？」

　マルハナバチは、チングルマの蜜が大好きです。それでこういう「サービス」もよくしてくれるのです。お母さんもクラもマルにお礼をいいました。

クラとマルを乗せて空き地の上空に舞い上がると、今度は少し斜め上くらいに方向をとって、そのまま吹き続けました。

１２

「じゃぼく、呼んできます。あいつ、よく居眠りするから、きっと昔の祠のあたりでいびきかいてると思います。」

　マルはブーンと小さなうなりを立てて飛び去りました。森はまた昼下がりの静けさに戻ります。お母さんはちょっと涙ぐみながら、クラのヘアバンドを直してあげました。青い絹糸で織って、チングルマのきれいな花がいくつも散らしてあるヘアバンドです。

「これがないとね、小鳥さんたちから食べられる木の実とか虫とかに間違えられますからね。落とさないようにしなきゃだめですよ。」

「うん、分かった。」

　クラはもううきうきしていました。旅立ちの日の種の子は、だいたいこうなるものなのです。でも、ふとクラがお母さんを見ると、目にいっぱい涙をためているので驚きました。

「お母さん、どうしたの？　わたし、きっと新しい群落の『さきがけ』になるよ。そしてお姉さんたちみたいに、小鳥さんやハチさんに頼んで、お母さんに無事でしたって手紙書くよ。だからこれでお別れじゃないでしょう？」

　お母さんは、にっこり笑ってうなずきました。そして涙を花びらのハンカチでふきながら言いました。

「そうね、きっとそうなる。お母さん楽しみにしてるから、たくさんお友だちを
つくって、たくさん世界を見て、そして一番いい場所にたどり着きなさい。お母
さん、楽しみに待ってる。お便り、きっとちょうだいね。」
「うん、きっと書く。」
クラは元気にこたえました。
そのうちにマルが「流れ者の吹きぬけ」を連れてきました。少し間のびした顔
をしていますが、風は悪くないようです。もう風の精霊様がここいらに来るあて
もないので、間に合わせというと何ですが、冬の冷たい強い風よりはずっとまし
です。お母さんが、「草原で、それも山の中腹をお願いします。湿気も必要なので、
水場を調べて下さればありがたいのですが。」と丁寧に頼みますと、流れ者の若者
は、「ああ、水場ね、そして山腹、オッケーだいじょうぶ。」と言って、もうすう
っと横向きに吹き始めます。クラの体もそれに乗っていきました。お母さんがあ
わてて、「さいしょ、上にお願いします。森の中はだめです。」と後ろから叫びま
すと、「オッケー、オッケー、だいじょうぶ。」と言いながら、たしかに上向きに
方向を変えてくれました。クラはゆっくり舞い上がっていきます。にこにこ笑い
ながら、「お便り、待っててね。」と言いました。お母さんはまた涙ぐみましたが、
できるだけそれを見せないように、手を振り続けました。マルハナバチのマルは、
ちょっと肩をすくめて、「ボク、ついてるから心配しないで下さい。」と言って、
クラの後を追いました。

　吹きぬけの若者はぬるい、よわい風ですが、それでも風は風です。クラとマルを乗せて空き地の上空に舞い上がると、今度は少し斜め上くらいに方向をとって、そのまま吹き続けました。

　お母さんはクラが見えなくなってから、また深々とため息をつきました。

　お母さんにとって、今年が子供たちの最後の旅立ちだということがもう分かっていたからです。来年はまだ森の空気を吸って生きているでしょうが、下草におおわれるとお日様の光は弱くなり、子供は無理です。でもお母さんは、そうなったらなったで、クラたちからの便りを楽しみに、老後の人生を穏やかに送るつもりでした。もうじゅうぶんじゅうじつした花の人生を送ってきた、そういうお花だったからです。

2020
Tokyo
Peace
&
Earth
Yoshi

「ボク、マルっていうんだ。」

１３

　クラは、初めて見る上空からの森のながめにこころを奪われていました。もう秋の紅葉が始まっていて、黄色や赤、橙や紫っぽい色までが混じり合い、それが地色の深緑にうきたって、ほんとうにきれいです。でもマルとはしょたいめんですので、ちゃんとあいさつするのも忘れませんでした。

　「わたし、クラ、あなたマルハナバチでしょ。お母さんもすごく好きなハチなの。わたし、いいお母さんになるから、そしたらお産婆さんおねがいね。」

　「分かった、ボク、マルっていうんだ。でもたくさん花粉つけないとだめだよ。ボクは花粉をたくさんこの壺に入れて家に運ぶ。すると母さんがそれをたべて、『じせだいのボクたち』をうむ、だからボクはキミの産婆さんというか、産夫さんというか、ともかく手助けはする。でもちゃんとキミは、ぼくたちの子育てを助けてくれるんだ。持ちつ持たれつさ。」
「ふうん、そうなんだ。世の中、うまくできてるわね。そういう風に助け合うのって、わたし大好き。」
　クラは向こうの高い山と、もっとずっと先の火山を見ながら言いました。
「でも、いいことばかりじゃないよ。食べて、食べられてっていう別の関係がある。しょくもつれんさって言うんだけどね。食べるのはおいしいけど、食べられるのはこわいでしょ。ぼくにだってそういう『てんてき』、たくさんいるんだよ。」

　クラはそういうおそろしい世界のつながりのことは、まだ全然知りませんので、自分を食べる生き物がいるなんて、考えられないと心の中で思いました。おなかがへっているのなら、お弁当を分けてあげればいいと思ったのです。

森はずれの渓流に沿って飛んでいくと、わりと
広々とした草原が広がっている場所があります。

第三章　ミソサザイのサザン

１４

　流れ者の吹きぬけ風は、秋といってもぽかぽか陽気で、自分もぬるめの風なものですから、すっかり気持ち良くなってうとうと居眠りをはじめました。クラとマルも初対面のあいさつとかでいっしょうけんめいになっていましたから、方角がふらふらして、変なところに向かい始めたのに気がつかなかったのです。つまりお母さんは、「山腹の草原」を頼んだのに、若者はちょうどその逆、森がもう終わり始めて、渓流が幅広の川になるあたりに、ふらふらと流れていったのでした。マルが最初に気がついて注意しました。

「吹きぬけ君、それは方向違いだよ。高度はいいからさ、まわれ右してくれないと、クラには下は暖か過ぎるよ。」

　若者はびくっとして目をさますと、「水場、水場と。」と言って、下を探すふりをしました。やはり居眠りは恥ずかしかったようです。

　また山に向かい、森はずれの渓流に沿って飛んでいくと、わりと広々とした草原が広がっている場所があります。そこはまだお花は咲いていないのですが、水が流れているので、風は少しひんやりしているようでした。

「あそこ、どうかな、見るだけでも見てみれば？」
　マルがこう勧めますので、クラも「その気」になりました。それで若者に頼んで降りてみることにしたのです。

自分はこんちゅうでも、木の実でもありませんということを見せるために、ヘアバンドをちょっと直して、そちらに見せるようにしました。

１５

　ところがもう草原が近くになった時、突然、チチチチという澄んだ鋭い鳴き声がすぐ下から聞こえてきました。するとマルがさっと青ざめ、あわててクラにこう言ったのです。
　「あ、あそこ……まずいよ、まずい……ミソサザイの夫婦だ……」
　茂みの梢には、ほんとうに人間が食べるおみその色の小鳥が一羽とまって上をじっと見ています。マルは若者にまた上昇するように頼みましたが、若者は渓流の魚のとびはねかたが面白いので、ちょっとうわの空でした。そのままどんどん草原に降りて行きます。
　「ご、ごめんクラ。またいつか来るよ……あのわるもの、ボクが大好物なんだ……ボクの『てんてき』……」
　マルはさっと前足を出します。クラもてんてきなら仕方ないと思って、別れのあいさつをしました。とても気が合いそうないい子だったのに、残念でなりません。マルはもうおおあわてで、さっと森の方に逃げていきました。

　そのあいだに、若者はまのびした声で、「はいとうちゃく、水場があって、草原
もある、オッケーオッケー、あとはじこせきにん。」とあくびまじりに言うと、ク
ラにさっと息を吹きかけて、自分は渓流ぞいに里の方に行ってしまいました。や
はりまだ若者ですし、おんだんかで生まれた風ですので、にぎやかな街のなまぬ
るい空気が好きなのでしょう。

　ふきかけた息は、風としては弱かったのですが、それでもクラはまだほんの子
供ですから、小さなたつまきに巻きこまれたようになって、くるくると草原に落
ちていきました。降り立った草原にすわってみますと、足元にじくじくと水がし
みだしてきます。これはだめだとすぐ分かりました。高原の植物が育つような場
所ではないのです。このままいると、きっと根がびしょびしょになって、かぜを
ひいてしまうでしょう。すぐに出なければなりません。

　それでも目が回りましたので、足をぬらさないようにして、しばらくしゃがん
でいました。すると何か黒い光るものが、こちらを向いているのでどきっとしま

した。そこは大木の根元に近く、その根元に小さな穴があります。そこがどうやら鳥の巣になっていて、お母さん鳥が、あまりこういてきとは言えない、いいえむしろ疑いのまなざしでじっとこちらを見ているのです。なるほど、これがマルがこわがったミソサザイなんだと分かりました。クラはお母さんから言われたとおり、自分はこんちゅうでも、木の実でもありませんということを見せるために、ヘアバンドをちょっと直して、そちらに見せるようにしました。

「かまないでお食べ、それが『つう』の食べ方だからね。」

１６

　用心の効果はあったようです。お母さんミソサザイは、何か細長いものをくわえていたのですが、巣の中からすごく口の大きな子が（だいたいヒナは口が顔の半分くらいあるのです）顔を出して、じっとクラを見ながらお母さんに聞いたのです。
「お母さん、あの子、食べられる？」
　クラはどきりとしました。ひょっとして種が大好物の鳥だったらどうしようと思いました。でもお母さんによると、鳥に食べられ、その食べられたあとに出るものといっしょにもう一度外にでて芽吹く、そういう「根性のある」草木もいるそうなのです。自分にそういう「ガッツ」があるかどうかわかりませんが、いざとなったらそれでも仕方ないかなと思いました。女の子の芽吹きとしてはおそらく「さいてー」なのでしょうが、さきがけがうまくいけば、たくさんの草花や生き物たちが助かることを知っていたからです。でもだいじょうぶでした。お母さん鳥がちょっと目を細めてクラを見たあと、こう言ったからです。
「あれはチングルマの種ですよ。わたしたちミソサザイは、滋養に富む、わたし
たちのために生まれてきた、虫を食べていきるの。あんなかさかさ、ふさふさの
種を食べたらね、きっとのどがつまって消化不良になります。さあ、このミミズ
おいしいわよ。ほら、まだぴんぴんしてる、活きづくりよ。」
「うん、ぼく、活きづくり大好き。」
「かまないでお食べ、それが『つう』の食べ方だからね。」
「うん、かまないでつるつるっと食べる。」
　ヒナは本当に、つるつるっとお母さんがくれたミミズをまるごとのみ込みまし
た。にんげんという生き物は、よく「おそば」という食べ物をこういう食べ方で
食べるようですが、おそばにもちろん活きづくりはありません。クラはほとんど
これは「ホラー」だなと思いました。ヒナの大きな口からはみ出たミミズのはしが、

まだ少し動いているのが分かったからです。でも、もうマルの「しょくもつれんさ」の話も聞いていましたし、お母さんも「生き物にはね、それぞれの生き方とりゅうぎがあるの、へんけんを持っちゃだめですよ。」と言い聞かせてくれていましたので、ちょっと顔色は青ざめましたが、逃げ出しませんでしたし、何も言いませんでした。

サザンが「ここにおいでよ、あったかいよ。」と、前に兄さんたちがいた場所をあけてくれます。

１７

　それから少し親子とお話をしたのですが、お母さんは最初のとっつきにくさがなくなると、とても親切な小鳥だと分かりました。そしてクラが「さきがけ」として旅立った末っ子だということを知ると、「まあ、お母さん、えらい方ね、わたしにはかわいいサザンをひとり旅に出すなんて、とてもできない。」と感心してくれました。そのヒナは、サザンという名前で、やはり末っ子なのです。でも一羽だけでした。

　「二羽いた上の子たちはね、ヘビに食べられたの。わたしたちがちょっと遠出をしておいしい虫を探してる間にね。それ以来たくは、ああしてもうずっと寝ずの番なのよ。」

　お母さんは涙ながらにこう語り、ちょっと上の梢を指しました。そこには最初上から見えたお父さんミソサザイが、キッと鋭い目つきで上を見上げています。てんてきは上からも下からもおそってきて、それは大変だということでした。お母さんがチッと鳴くと、お父さんは見張りをやめて下に降りてきました。お母さんがクラを「あの『さきがけ』の方。」と紹介すると、お父さんもほうという顔をします。

「それで、ぬるい新参の風においてきぼりにされて困ってられるの。助けてあげられないかしら。あの高い山の中腹がいいだろうって、お母さんが言ったんですって。」

「そうだねえ……わたしが飛んで送ってあげたいが、あのあたりはハヤブサやトンビの大きな『組』があって、すぐおそってくるし、あいつらの間でもなわばりあらそいの『でいり』が絶えないんだよ。かたぎにじっちょくに生きている鳥には、大変にめいわくなあたりなんだ。送ってあげたいんだがねえ。」

お父さんは難しい顔で考えこんでいましたが、何か思いついたようでチッと鳴きました。

「ああ、それじゃあね、こうするといい。目の前の渓流は少し行くと深い谷になっててね、そのまま沢になり、滝になりしてその山のふもとまでいくんだよ。明け方になると、里から谷に向かって朝風が吹いてくる。それに乗っていくといいよ。今晩はここに泊まっていきなさい。このあたりには、消化に悪い種ばかり食べてるやくざな小鳥も多いからね。」

　クラはほんとうにいい一家に出会ったとうれしくなりました。丁寧（ていねい）にお礼を言っておじぎをしますと、サザンが「ここにおいでよ、あったかいよ。」と、前に兄さんたちがいた場所をあけてくれます。それで巣（す）の中におじゃますることにしました。お父さんはすぐまた見張りに立ち、お母さんは虫探（さが）しに森に飛び立ちました。

「立派（りっぱ）な体になって、遠くまで飛べるようになって、植
林じゃない、本物の自然林を探（さが）しにでかけたいんだよ。」

１８

二人だけになると、サザンはクラに聞きました。

「山の中腹って、どういうところ？」

「さあ……わたしもはじめてなの。」

「そうか……だから『さきがけ』なんだね。」

サザンはちょっと考えて、また聞きました。

「ぼくでも『さきがけ』になれるかな？」

「うん、きっとなれるわ。でもどうして？　ずっとここで暮らすんじゃないの？」

サザンはその問いには答えず、こう聞き返しました。

「ここいらの木、見た？」

「うん、見たわよ。まっすぐで、立派な木が並んでてすばらしいと思ったわ。」

「それはね、人間たちが植えたからなんだよ。元々は火山が噴火したあとそのままになった荒れ地だったんだ。それを植林してくれたんで、ボクたちも住めるようになったって、父さん言ってた。」

「ふうん、そうだったの。人間たちが作ってくれたのね……」

「クラの生まれた森はどうだった？　森の空き地だったんでしょ？」

「うん、ごちゃごちゃっていうか……いろんな木が仲良く生えてたよ。」

「それはね、自然林って言うんだ。自然にできた森。キミたち草花が種を飛ばしたり、あとぼくたち小鳥が種を持ち寄って作るんだ。そういう森は長持ちするけど、植林の森はだめなんだよ。木は人間にとって『大切な資源』だからね。育ったらそれを倒して、それで家とかを造るんだ。ぼくたちが、こうして苔とか小枝で家をつくるのを、ずっと大きくしたようなものだよ。」

　サザンの話によると、ここいら一帯の植林の森はもう十分に育ったので、間もなくその「ばっさい」が始まるようなのです。そうなったらどうなるんでしょうとお母さんはとほうに暮れているようです。お父さんも、「細々片すみでやっていくしかないだろうね。」とため息をついているのだそうです。

　「それでね、ボク、今一生けんめい食べてるでしょ。それは第一には母さん、父さんが兄さんたちを亡くしてすごく気落ちしてるから、兄さんたちの分も食べて、立派な若鳥になって親孝行してあげたいんだ。でももう一つね、秘密の理由は、立派な体になって、遠くまで飛べるようになって、植林じゃない、本物の自然林を探しにでかけたいんだよ。父さん、母さんに安心して老後を送ってほしいんだ。こんなに一生けんめい育てて下さってるんだからね。」

　こう言って、サザンはパチッとウィンクしました。
　「でもまだ秘密だよ。ほら、さっき母さん見たでしょ。『さきがけ』にボクがな
ることに、まだこころの準備ができてないみたいだからさ。だから今はひたすら、
つるつるぱくぱく食べて見せてるわけ。」
　クラは、サザンが見かけによらずとても考え深いいい子なので、感心しました。
自分にはお日様が必要だから、森の中では生きていけないけど、サザンが見つけ
るだろうその立派な自然森を、上空から一目見てみたいなと思ったのです。

その先の渓流は細くなり、それにつれて風も強くなってきましたので、バランスを取るのに気をつけるようにして飛んでいきました。

１９

　翌朝早く、クラはサザンとお別れして、新しい旅に出ました。朝の谷風が吹いてきたからです。サザンとはもうとても仲良しになっていたので、別れはつらかったのですが、でも「さきがけ」のじんせいに別れはつきものです。サザンは、森で落ち着いたら、知り合いの小鳥に頼んで、クラの行った先を探してもらい、そこに手紙を届けてもらうよと言ってくれました。クラは「うん、ありがとう、じゃあお返事は小鳥さんかハチに……」と言いかけて、はっとしてやめました。サザンはつるっとミミズを食べる子ですから、ひょっとして郵便配達のハチもぱくっと食べるかもしれないと思ったからです。

　近くで聞いていたお母さんミソサザイは、「まあ、『森で落ち着いたら』ですって、もう大人みたいな言い方して、あなたが落ち着いて暮らす森はここでしょ。」と笑いました。サザンは「そうだね、母さん、言い方まちがえた。」と言って、クラにぱちっとウィンクしました。

　渓流は、ここいらではまだ広々としているので、谷風もそよ風です。お母さんは巣の番をするのでそこで別れましたが、お父さんはしばらくクラを見送っていっしょに飛んでくれました。そしてつり橋がかかっているあたりでお別れしたのです。その先の渓流は細くなり、それにつれて風も強くなってきましたので、バランスを取るのに気をつけるようにして飛んでいきました。

「あ、女の子の種だ、でもそうか、種は女の子だよね、こっちおいでよ。」

第四章　ツキノワグマのツク

２０

　昼ごろになると、もうだいぶ風は弱まってきました。空は相変わらずの秋晴れです。下を見ると、渓流がこれから本当に狭くなるあたりが早瀬になっていて、そこいらには丸石の川原が広がっています。木々はもうその川原をおおい隠すように両わきの森から茂っていました。その中に一本のブナの大木があり、とてもいい枝ぶりですっくと立っています。クラは、そこいらに種や木の実が好きそうな小鳥がいないのをたしかめてから、今日はこの木の根元で休ませてもらおう、明日また早く朝風に乗って山のふもとを目指そうと思いました。

　それでゆっくりと舞い降りていこうとしたその時です、「あ、女の子の種だ、でもそうか、種は女の子だよね、こっちおいでよ。」という声が木の梢あたりから聞こえたと思ったら、そこから黒い丸っこい腕がのびてきて、ほんとうにクラと握手しようとしたのです。でも続いてすぐ、バサッという大きな音が「あっ」といういう叫びといっしょに聞こえ、すぐまた別の心配そうな声が「だいじょうぶかい、お前。」と聞きます。「うん、だいじょうぶ、ちょっと落ちただけだよ、お母さん。」と最初の声が答えましたので、クラもなんだかほっとしました。

　根元に降り立つころには、声の正体が分かりました。子グマです。けがはしていませんが、痛かったようで頭をしきりにふっています。お母さんグマがすぐ横にいて、頭をなめてあげていました。すぐクラは、チングルマの種です、「さきがけ」になりたくて山の中腹に飛んでいく途中ですと自己紹介しました。このクマのお母さんも、森の仕組みを良く理解している方らしく、クラが「さきがけ」だと知

　ると、「まあ」、と大きく目を見張り、「お母さん、えらい方ね、わたしにはとても
できない。」と、どこかでもう聞いたようなことを言いながら、足元でじゃれはじ
めた子グマを見て、ちょっとため息をつきました。

「マスの大群がね、年に一度、上流で子供を産むために海からはるばる上ってくるんだよ。」

70

２１

　子グマはツクという名前でした。ツキノワグマなので、首に大きな白い三日月があります。子供はもともと二頭いたのですが、ツクの兄さんはこの渓流が大水であふれた時、川原で遊んでいて流されてしまったようでした。お母さんグマはそのことをクラに話して涙ぐみます。クラは子育ても、大人になるのも、両方とも大変だなと同情しました。

　ツクは、ただ遊んで木に登ったわけではなく、そこにハチの巣がないかどうか確かめていたようです。秋ももう盛りで、まわりの木々は美しく紅葉しています。でも、秋はクマにとっては冬眠に備える大事な季節で、もうたくさん食べこんでおかねばならないはずなのに、この親子はとてもやせていて、なんだかかわいそうになりました。お母さんグマは、ひとしきりクラと世間話をすると、「じゃあ、息子をよろしく頼みますね。」と言って、森に入っていきました。入る前にでもこちらをふり向いて、「ツク、ちゃんと見張り頼みますよ。」と言うのです。ツクは「はあい、だいじょうぶ、上ってきたらすぐ吠えるから。」と言いました。お母さんは安心したようににっこり笑いました。

「何が上ってくるの？」

お母さんが見えなくなってからクラがこう小声で聞くと、ツクはため息をつきました。

「マスの大群がね、年に一度、上流で子供を産むために海からはるばる上ってくるんだよ。本当にたくさんの群れでね。母さんは毎年それをすごく楽しみにしてた。ボクも一回だけいっしょに食べたことあるけど、それはそれはおいしいんだ。今がちょうどその季節なんだけど、もう来ないんだよ。」

ツクはまたため息をつきます。聞いてみますと、どうやら、下流に「いせき」という堤防のようなものができてしまい、マスはもうこの川に上れないので、そこいらで立ち往生してしまっているようなのです。ツクは友だちのカワセミからこのことを聞いたそうです。でもまだ母さんには言ってないようでした。「どうして？」とクラが聞くと、ツクは森の方をちょっと見て、ひそひそ声でこう答えました。

「だって、母さんのたった一つの生きがいなんだもん。秋はもうマスの大漁だって、イメージっていうの？　そういうのできてて、毎年ここに来てじっと待ってるんだ。マスさえ来れば、ぼくだって今よりずっと大きな立派な子になれるって……そういう生きがい取るのって、ざんこくでしょ。」

　クラは、ああ、この子もいい子だなと感心しました。自分もお腹がすくでしょうに、母さんの生きがいに、こうして毎年つきあって、もう何も来ない川辺で見張りを続けてあげているようなのです。

かけくらもしました。ツクがまずふうっとクラに息をふきかけて飛ばし、それに並んで走るのです。

２２

「でも、冬眠、だいじょうぶなの？　穴の中で眠る前にたくさん食べないといけないんでしょ。」
　クラがこう心配して聞きますと、ツクは男らしく（男の子でした）、ポンと胸を手でたたいて笑いました。
「だいじょうぶさ、秋が遅くなるとね、母さんも『今年もだめだったね、でも来年はきっとくる。』って言ってあきらめてくれる。それからいっしょに森に入るんだ。あわててもう一生けんめいひたすらたべまくるの。木の実でしょ、石の下の虫でしょ、それからハチミツとハチの巣、これがもうおいしくっておいしくって、ぷりぷりしたハチも頭からかじるとおいしいよ。ちょっとちくちくするけどね。」

　これで冬眠準備は安心だと分かりましたが、クラはこれはマルには絶対に聞かせてはならない話だと思いました。でもツクもきずつけたくないので、にこにこうなずいていました。こうしているうちに、自分は「おじょうず」な大人になっていくのかもしれない、じゅんしんさが失われていくのかもしれないと思うと、ちょっと悲しい気持ちがしたこともたしかです。

　お母さんがまだ帰ってこないので、しばらく二人で川原で遊びました。まず、石の握りっこの数当てをしました。これはクラはもちろん石が持てないので、背中で隠すだけです。ツクはいつも一番大きな石を持つので、一つだけですから、いつもクラの勝ちでした。あとはかけくらもしました。ツクがまずふうっとクラに息をふきかけて飛ばし、それに並んで走るのです。ツクはちょっとずるをして、わざと弱い息をかけるので、たいていツクの方が勝ちました。

それから川原に三人で並んで、遅い昼ご飯か、早い晩ご飯か、わからないものを食べました。

２３

　お母さんは夕方遅くなって帰ってきました。草の根や木の実を少し口にくわえています。それをツクの前に置くなり、こう聞きました。
　「マスは来たかえ？　一匹でも来れば、もう大漁まちがいなしなんだよ。」
　ツクは下を向いて、「来なかったよ、母さん。でも明日もちゃんと見張るから。」とつぶやきました。
　お母さんはちょっとなみだぐんで、「いい子だねえお前は。わたしのせいでこんなに苦労をかけて……でもマスさえ来れば、もうあとはぜんぶ解決、この世の楽園だからね。」と言いました。そしてぺろぺろツクの頭をなめてあげます。見ていたクラは、なんだか胸がいっぱいになってしまいました。
　それから川原に三人で並んで、遅い昼ご飯か、早い晩ご飯か、わからないものを食べました。クラは、お母さんのもたせてくれたお弁当を初めてあけて食べたのです。ツクがすぐ興味を示して、横からのぞきこみました。

「何食べてるの？　その細いの何？」
「がくの千切り、おいしいのよ。食べる？」
　ツクは「ううん、やめとく、もたれそうだから。」と断りました。それからもう一つのおかずを指して聞きました。
「そのひらたいの、おいしそうだね、何？」
「これはがくの太巻き、中に紅葉をくるくるっと巻いてるの、すごくおいしいのよ。食べる？」
　ツクは「ううん、やめとく、見てるだけにするよ。」と断りました。それから自分の食べている草の根と固そうな木の実をクラに勧めたのですが、クラはとても食べられないと分かりますので断りました。ツクはちょっとほっとしたようでした。食べ物はとても少なかったからです。お母さんはツクに全部食べさせようとしましたが、ツクはきちんと二つに分けて、いっしょに食べないとボクも食べないというので、お母さんもあきらめて自分の分を食べました。

　夕日があの高い山をきれいに照らしています。上の方はもう雪をかぶっていました。でも肩幅の広い立派な山ですので、きっとどこかにお花畑ができそうな草原はあるとクラは思ったのです。

「いせき」をこわしているところを人間に見つかり、猟銃で撃たれたツクが川に落ちていく場面です。

２４

　夜になると、お母さんは森での餌さがしにくたびれたようで、「よふかししちゃだめですよ。」とツクに言ったなり、もう軽いいびきをたてて眠ってしまいました。ツクとクラは小さな声で、「これまでの人生についての情報」を交換し、それからお互いの人生の夢を語りあいました。ツクは、クラが「さきがけ」になるその「山の中腹」は、おそらく自分も行けると思うので、ぜひ訪れたいと言います。クラももうツクが大好きになっていましたので、ぜひいらっしゃいと言いましたが、来る前にちょっとでいいからお便りちょうだいねと言うのを忘れませんでした。マルや、これからまた友だちになるかもしれないハチたちに「ひなんかんこく」を出すためです。生きているのは楽しいし、友だちはたくさんいた方がいいけれど、でも「ちょうせい」は時々難しいこともあると内心ため息が出ました。

「ボクの夢はね、母さんの夢を実現することなんだ。でもまだ言っちゃだめだよ、秘密だから。」

ツクはひそひそごえで言います。

「母さんの夢って……でももうマスは来ないんでしょ？」

「それを来させるんだよ。カワセミのともだちいるって言ったでしょ。カワオって言うんだけど、そのカワオに道案内させてね、その『いせき』っていう堤防のところに行ってぜーんぶ、こわしてしまうの。そしたらマスも川を上れるでしょ。」

クラはひやっとしました。その「いせき」を作ったのは里の人間です。その人間たちが何かのために使っている「いせき」を壊されて、黙ってはいないと思いました。人間たちは、あんな立派な森を植林でつくりあげ、木々が育つと思いのままに切り倒すのです。きっとツクはひどい目にあうだろうと思ったとたん、ほんとうにツクがそういう目にあっている場面が心に浮かびました。「いせき」をこわしているところを人間に見つかり、猟銃で撃たれたツクが川に落ちていく場面です。それがほんとうに目の前に見えるのです。ぞっとしました。

クラが驚きのあまり眼を丸くして声のする方を見上げます
と、もっと目の丸い大きな鳥がそこの枝にとまっていました。

２５

　クラは、今心に見たばかりの光景を、ツクにも説明して、やめるように、そんなことはとても危険だからと言いました。ツクは最初、「だいじょうぶだよ、人間なんて時々山道で見るけど、母さんがうなるだけでもう逃げ出すくらいだから。」と笑っていたのですが、クラがあんまり真剣なので、少し考えが変わってきたようです。するとその時、川辺の森の中で声がしました。

　「その娘さんの言うとおりじゃ。森には森のおきて、里には里のおきてがあるによってな、お前がやろうとしていることは、きぶつそんかいざい、であるによって、撃たれてもわしは弔いに行くくらいしかできん。こくそ、はむりじゃよ。母さんへの、ほしょう、も、ほけん、も、なしじゃ。」

　クラが驚きのあまり眼を丸くして声のする方を見上げますと、もっと目の丸い大きな鳥がそこの枝にとまっていました。フクロウのようです。ホーおじいさんという、このあたりでは大変にそんけいされている長老の方のようです。ホーおじいさんは続けました。
　「それにな、その娘さんは、聞けば『さきがけ』を志す、きどくなお方のようじゃ。『さきがけ』はな、その思いが真剣であればあるほど、未来が見えるようになる、絵のように心に見えると伝えられておる。それを今見たんじゃ。だから、お前は井堰を壊せば、母さん孝行もできん先に、撃たれて死ぬんじゃよ。それは確実しごくのことじゃ。」

ツクもようやく納得したようです。

「分かった、ホーおじいさんはいつも正しいから、クラの言うとおりにするよ。『いせき』に行くのはやめる。でも、ボクは何をすればいいの？　苦労してボクを育てて下さった母さんに親孝行したいんだよ。安心して老後を過ごしてもらいたいんだよ。マスが来ない年がずっと続いたら、老後どころか母さん悲しくて死んじゃうよ。」

「ずうっと南の島、世界の果ての島のお話じゃ。」

２６

「それについてはの、ゆうめいなこじつ、がある。聞いてみるかの？」

　おじいさんは、え、えへへん、と咳払いしましたので、お母さんクマは「マスかえ、とうとう来たかえ。」と寝言を言いました。でもまたそのまま寝入りました。二人はぜひ聞きたいです、でも小さい声でお願いしますと言いました。それでホーおじいさんは、二人の前の川原に音もなく飛び降りてくると、小声でこういうお話をしてくれたのです。

　「ずうっと南の島、世界の果ての島のお話じゃ、でも実話じゃによって、作り話じゃと思うてはいかん。そこにはな、大きな大きなトカゲが住んでおる。あんまり大きいので、たくさんのものを食べねばならん。最初は草ばかり食べておった平和なトカゲじゃ。でもある時ふらっとその気になって動物を食べてみた。するととてもおいしく感じたようじゃ。それで、豚やイノシシやシカを待ち伏せして食べるようになった。体はもっと大きくなった。そのうち気性も荒くなる。とうとう恐ろしいことに、お互いを襲って食べるようになってしもうた。これはもう生き物の畜生地獄じゃよ。悲しいことじゃが、こういうもぎどうに走る生き物も、元々は穏やかな平和な生活をしておったんじゃ。ただちょっと飢えが続いたり、ぎゃくにいわゆるおんだんか、の影響であんまり食べ物が多すぎたりする時に、ふらっとこころの迷いが生じる。それでこういう地獄絵が生まれるんじゃ。」

　二人ともぞっとしました。おじいさんの話は「実話」です。それになんとなくですが、自分たちが生きているこの平和な森にも、そういう「迷い」は日々、ふっとあちこちで生じているように感じたからです。

「もうここから遠くに行って、悲しみも恨みも忘れられるなら、そこで果ててもかまいません。」

２７

　おじいさんは二人が真剣な顔をして聞いているのを見ると、一つうなずいて先を続けました。

　「このオオトカゲのある一家がの、隣のもっと大きな一家に襲われて、とうとう全滅してしもうた。その中でしかし、ガランという名の一番小さな子だけは、夜の闇にまぎれて逃げおおせた。それでそこは大きな島じゃったんじゃが、島の岬に行って、もう悲しくて悲しくて仕方ないから、満月のお月様を見上げてぽろぽろ涙を流した。月はの、そのトカゲ一族の神様なんじゃよ。ひとしきり泣いた後、こう言うたそうじゃ。

　『神様、わたしたちのご先祖をこの地上に送り、「産めよ、増えよ、地上に満ちよ。」と言って下さった神様。わたしたちは栄えに栄え、こんなに立派な体になり、まさにこの島の王者として、なにはばかることなく好き放題に暮らしております。でもそんな楽園が、どうしてこんな地獄になってしまうのでしょう。お互

いにくらいあわねばならなくなるのでしょう。ぼくはもうこんな楽園の地獄は嫌
です。生きていると、ふくしゅうよくに目がくらんで、必ずあの一家を襲って順々
に殺すと思います。そういうおきてに反したことをするよりは、もう今晩この崖
から飛び降りて死のうと思います。』

　ガランはこう言って、またさめざめと泣いたそうじゃ。中天にかかる満月のお
月様はの、その子が特別な『さきがけ』であることを悟られた。それでこうやさ
しく言われたそうじゃ。

　『お前は、この楽園の地獄絵が嫌なのですね？　じゃあ、どうします？　どこか別
のところに行けるなら、行ってみます？　でもそれは苦しい長い旅になりますよ。
行った先の食べ物も、この島のように豊富ではありません。』

　すぐにその子はぱっと顔を明るくして、『行ってみたいです。』と答えたそうじゃ。

　『もうここから遠くに行って、悲しみも恨みも忘れられるなら、そこで果てても
かまいません。食べるものがなくても構いません。ぜひ、そこへの道をお示し下
さい。』

　こうオオトカゲの子のガランがしんじょうを見せながら言うと、お月様は黙っ
て浜辺に打ち上げられた流木をお示しになったそうじゃ。ガランはの、あれが新
しい世界への船だと知って、もうそれ以上何も考えず、いそいで崖を降り、その
流木の上に登ったそうじゃよ。」

「わたしの決心は変わりません、ぜひ新しい島にお導き下さい。」

２８

　クラもツクも、おじいさんのお話に心を奪われました。自分たちがその子供の
トカゲのガランになって、夜の浜辺でその流木にしがみついたように感じたから
です。おじいさんはまたうなずいてこう言いました。

「これもの、つまりは『さきがけ』の話なんじゃ。その神様のお月様はの、ご
自分が地上に送ったオオトカゲの一族が、はんえいしすぎて、かえって生き地獄
に落ちていくのを見てとても心配しておられた。だから『新しい生き方』を志す
子がおれば、もうしっかりと助けるおつもりじゃった。そのお心にかなったのが、
この『さきがけ』の子、ガランなんじゃ。つまりクラと同じお仲間じゃの。クラ
たちチングルマの一族は、お日様のこころにかなった一族じゃ。それはお日様の
最愛の孫娘が、最初地上に降りてきてチングルマになったからじゃ。クラもそう
聞いておるじゃろう？」

「はい、お母さんがそう言って送り出して下さいました。」

「じゃからの、もしこの子トカゲのガランのように、にっちもさっちもいかなくなったらの、神様のお日様にお祈りするといいぞよ。せいしんせいいお祈りすれば、きっと助けて下さる。」

ホーおじいさんは、きっぱりした口調でこう言いながら、じっとクラを見ました。クラもこのことは忘れないようにしよう、しょうらいそういう本当に困ったことが起こったら、一族の神様のお日様にお祈りしてみようと心に刻んだのです。

おじいさんは、またその子トカゲのガランの「さきがけ」の話に戻りました。流木に登ると、すぐ上げ潮になり、ガランはそのまま大洋に船出したそうです。それからひどい嵐になり、そのまま死んでしまうかと思いました。

　「しかしこの子トカゲはえらい子じゃった。決心はかたく、少し晴れ間になると、お月様を見上げながら『わたしの決心は変わりません、ぜひ新しい島にお導き下さい。』と祈り続けたそうじゃ。」

「生き物は古い土地を捨てるとき、慣れ親しんできた古い食べ物も捨てるのです。それがおきてです。そうして新しい土地に行き、そこにある新しい食べ物を探すのです。」

２９

　ホーおじいさんは、ここでちょっと休んで、少しまた、「え、えへへん」と咳払いしました。でもこんどはごく小さな咳払いですので、お母さんクマは起きませんでした。おじいさんは先を続けます。

　「とうとうその子トカゲのガランの乗った流木は、南の小さな島に流れ着いた。岩だらけの島じゃ。オオトカゲは一匹もおらんかわりに、食べ物になる動物もおらんかった。でもガランは、飢え死にしてもいいと思って来たわけじゃから、心は穏やかじゃった。最後にお月様にお別れをしようとして、また海辺の崖に登って祈ったそうじゃ。

　『お月様、お別れです。もう食べるものもなく、体は冷え切っております。でもこの静かな島で、地獄も恨みも忘れて死ぬことができます。本当にありがとうございます。』

するとの、すぐそばでやさしい声がしたそうじゃ。

『何を言っているの、子供のトカゲ。食べるものは山ほどありますよ。』

見上げると、お月様がやさしい女神様として来臨されておるので、子トカゲは平伏したそうじゃ。でもまたこう言うのは忘れんかった。

『お言葉ながら、この島にはイノシシも豚もおりません。それどころか小さなネズミ一匹おりません。細いヤシやシダがまばらに生えているだけです。』

お月様はの、やさしくこうさとされたそうじゃ。

『生き物は古い土地を捨てるとき、慣れ親しんできた古い食べ物も捨てるのです。それがおきてです。そうして新しい土地に行き、そこにある新しい食べ物を探すのです。さあ、あなたの食べ物は、あそこにたくさんあります。勇気を持って探してごらん。必ず道は開けます。』

　お月様はこうおっしゃり、崖の下で大波を寄せては返しておる、その大海原を示されたそうじゃ。」

「匂いのする方向に行くと、大きな岩にびっしりと小さな海草が生えて
おる。ちょっと試しにかじってみると、これがもうおいしいのなんの。」

３０

ホーおじいさんは続けます。
「翌朝、朝日が昇るとの、ガランはまず十分からだをお日様で温めて、それから浜辺に降り、こわごわその荒波の中に飛びこんでみたそうじゃ。するとの、おそらく長い大海原の旅で体がもう『かんきょうてきおう』しとったんじゃろう、楽々と泳げるばかりか、深くもぐることまでできるのでびっくりしたそうじゃ。もぐるとの、海の下は大波も静まってよほど泳ぎやすくなる。そしていい匂いがしてきた。匂いのする方向に行くと、大きな岩にびっしりと小さな海草が生えておる。ちょっと試しにかじってみると、これがもうおいしいのなんの。それでもう夢中で食べたそうじゃよ。そうしてその子トカゲは、新しい土地と新しい食べ物の『さきがけ』になったんじゃ。何年かするとの、女の子の子トカゲが流れ着いた。やはり家族が全滅して、世をはかなんだ子トカゲじゃ。ガランはすぐ泳ぎ方、食べ物の取り方を教えてあげたので、この子はすぐ島になじんだ。それから二人は島で一番立派なヤシをしょうにんにして、結婚式をあげたんじゃ。そのようにして、平和な海草トカゲ、ウミイグアナと人間たちが呼んでおる、その幸せな一族の暮らしが始まったんじゃよ。」

　二人はとても感動しました。「さきがけ」であることが、たんに新しい土地に行ったり、新しい食べ物を見つけたりすることだけでなく、そのことで地獄のような楽園という、不思議にむじゅんした袋小路から脱出できたことに心を打たれたのです。

　「これでわしのお話はおしまいじゃ。まあ、これほどはらんばんじょうじゃなくてもの、すべての生き物は、ある程度はこういうでんせつを持っておるもんじゃよ。その始まりにはいつも『さきがけ』の子供たちがおる。それはふへんてきしんじつじゃて。」

　ホーおじいさんはじっとツクを見ました。

　「お前さんもな、月の一族じゃによってツキノワグマと呼ばれておる。じゃから、親孝行の方法が分からんかったら、まず一族の神様にせいしんせいいいお祈りすることじゃ。そうすれば必ず道は見つかる。」こう真剣な口調で言って、それから笑いながら付け加えました。

「マスより小さな魚は、いせきをすりぬけて、昔同様に上っておる。そのお魚も、じようぶんゆたかのようじゃよ。シシャモといってな、やはりかいゆうをするお魚じゃ。そのお魚がまず食べられるかどうか、試してみてはどうかな。お月様より先に、こっそり答えを教えて悪いがの。」

ツクの顔がぱっと明るくなりました。

「分かった。ボクそのお魚見たことある。もう少し上流にたくさんいた。よし、食べられるかどうか、試してみるよ。」

ホーおじいさんはうれしそうにうなずくと、すうっと羽ばたきの音もたてずに、森の奥深く消えていきました。

ツクは手をふって別れを告げると、お母さんの先にたってぐんぐん上流へ向かっています。

３１

　翌朝早く、また谷風に乗ってクラは出発しました。ツクはもうお母さんを説得して少し上流に行く準備をしています。さっそくそのシシャモというお魚を捕まえて、食べられるかどうか試すようでした。二人はもう仲良しになっていましたので、別れはつらかったのですが、それもまた「さきがけ」の人生なので仕方ありません。落ち着いたら手紙を出すからと何度も約束して、ふわっと風に乗りました。ツクは手をふって別れを告げると、お母さんの先にたってぐんぐん上流へ向かっています。その足取りはしっかりして、もう青年のクマのようです。クラは、ツクももう小さな「さきがけのクマ」だなと感じて、うれしくなりました。

それからは谷のはばもせばまり、風も強くなります。滝がいくつもあり、やがてあの立派な岩壁を持つ高い山がぐんぐん近づいてきました。

３２

　その日も穏やかな秋空で、クラは谷風に乗ってずんずん進んでいきました。渓流は少し浅い広い場所に出ました。ここがおそらくそのシシャモという小さな、しかし「ミネラルとしぼうと滋養分に富む」魚が群れ合っているあたりでしょう。たしかに黒い魚群の影のようなものが見えました。あのお魚が、「この世の最初からツキノワグマのために作られた」そういう生き物かどうか、ツクはたしかめようとしているのです。お魚が全部食べられてしまうのはかわいそうですが、少しくらいなら、あれだけたくさんいるのだからだいじょうぶでしょう。これもすこし「クマ寄りのへんけん」なのかなとは感じたのですが、でもツクの冒険がうまくいくといいなと思いました。

　それからは谷のはばもせばまり、風も強くなります。滝がいくつもあり、やがてあの立派な岩壁を持つ高い山がぐんぐん近づいてきました。ふもとの森が大きく広がっています。その森の先が、いかにも気持ちの良さそうな草原です。あそこがお母さんの言った「山腹の草原」だと分かりました。もうあと少しです。クラの心はおどりました。

今こそお日様にお祈りしようと思って、お日様を見上げたその瞬間です。
そのお日様のあたりから黒い点が二つ、ものすごい速さで落ちてきました。

３３

　ところがあともう少しというところで、風がぱったりと止まってしまいました。細い谷をぬけて、あの山のふもとの大森林に出たためです。クラがどうバランスを取っても、先に進めなくなりました。もう追い風が吹いてこないからです。深い森に向かってゆっくりと落ち始めています。ああ、自分はもう「さきがけ」になれないまま、この森の暗いところに落ちて、一年か二年は生きのびられるかもしれないけれど、「お母さん」になることはできない、そう思うととても悲しくなりました。

　これがきっとホー長老がおっしゃったふくろこうじなのだ、今こそお日様にお祈りしようと思って、お日様を見上げたその瞬間です。そのお日様のあたりから黒い点が二つ、ものすごい速さで落ちてきました。その先頭にはまだらの羽の小さな鳥が、必死にはばたいています。その後ろからはあの話に聞いた恐ろしいハヤブサが迫っていました。

　その小さな鳥はでも、クラのすぐ横を通りすぎながら、「あ、チングルマだね、ボク大好きなんだ。」と言ってくれました。クラがああ礼儀正しい鳥だな、頭の上にベレー帽をかぶったみたいな変な模様はあるけど、と思ってあいさつを返そうとした時、チッと舌打ちがすぐそばで聞こえてどきっとしました。同時にくるくるものすごい速さで体が回り始めます。どうやらその鳥を追いかけていたハヤブサの目の近くをクラが通り過ぎる形になったので、そのつもりはなかったのですが、目くらましをあたえてしまったようでした。でもそのおかげで、どうやらあの小鳥は助かったようなのです。でもまたそのせいで、クラは森に向かって真っ逆さまに落ちていきました。

あわてて下を見ると、梢の葉かげに隠れたあのまだ
らもようの鳥が、にっこり笑って羽をふっています。

３４

　クラは目を回しながら、あの森に真っ逆さまに落ちたら、きっともう頭だけじゃなくて肩くらいまで下草に埋もれて、身動きできなくなるだろうな、お日様にお祈りすることもできない、と思いました。そして本当に悲しくなりました。そうなったらもう、お母さんに便りもできない、再会を約束したマルとサザンとツクにももう会えない。こう感じて、クラは泣きたくなりました。ところがその時、ぱさっと音がして、体がふわっと浮きました。あわてて下を見ると、梢の葉かげに隠れたあのまだらもようの鳥が、にっこり笑って羽をふっています。そのおかげでクラはゆっくりと、その鳥のすぐそばの葉っぱの上に舞い降りることができたのです。

　しばらく息が切れて何も言えませんでしたが、何度もおじぎをしてお礼の気持ちを伝えました。

　「あせらなくていいよ、そのあいだ、ぼくお弁当食べてるからさ。」

　こう言うとその鳥は、マツの小さな実をあたりの小枝の陰から取り出して、器用にぱりっぱりっと割って食べ始めたのです。

　クラの心の中に、なにかぼんやりした思い出のようなものがうごめきましたが、それが何かは分かりませんでした。

「これはしんりんしんがくで言うところの『よていちょうわ』だっていう説もある。」

３５

　ようやく息がつけるようになったので、クラはお礼を言って、自分はクラという名前の、チングルマの「さきがけ」だと自己紹介しました。「さきがけ」のことを特に言ったのは、少しだけ、この初対面の鳥も、ミソサザイやツキノワグマのお母さんと同じように、自分に「好印象」を持ってくれるかなと期待したのです。でもその鳥はあっさりこう言いました。

　「ああ、そうだね。お仲間ってことだよね。ボクももちろん『さきがけ』だよ。ボクたち一族はみんな『さきがけ』なんだ。森を作ってるわけだからね。」

　「森を……つくる？」

　クラが不思議な顔をしてこう聞き返しますと、その鳥は「こいつでね。」と言って食べかけのマツの実を示します。そして新しいマツの実をぱりっと割りながら、

「ほら、まだまだいっぱいあるでしょ。」と言って小さな木の洞を示しました。たしかに穴からあふれるくらいマツの実が詰まっています。またクラの中で何かの思い出がよみがえりかけて……やみました。その鳥は、ぱんぱんと残った殻を足でけとばすと、右の羽をクラに差し出しました。

　「紹介が遅れたね。ボクはホシ、ホシガラスのホシ。造林鳥とも呼ばれてる、天下一の『さきがけ』だよ。たくさん森を作ってきたからね。」

　クラはあっと思いました。お母さんがお世話になった、あのマツの倒木のおじいさん、あの方も「青い透明なカラスの神様」から種を植えてもらって、毎夜、その星座にお祈りしていたのです。でもこの鳥のどこが神様で星座なのでしょう。いたずら好きの普通の子供に見えます。でも握手はしました。命の恩人だからです。クラのこのあきれた気持ちは、ホシにすぐ通じたようでした。頭を羽でかきながらこう言いました。

　「まあ、悪口を言うのもいるよ。ただマツの実が好きで、食い意地が張ってるから、たくさんちょぞうする。そのいくつかが芽吹くだけだってね。しかしね、これはしんりんしんがくで言うところの『よていちょうわ』だっていう説もある。『みえざる手の働きだ』ってほめる学者もいる。フクロウのホー氏とかね。ボクはまあ一応こちらの説を採っているわけだよ。」

十五個の「あぶらののりきった」マツの実をずらりと並べられて、すっかり目を回しているお母さんの姿が……

３６

「まあ、そういうのはいっぱんろんだよ。こじんてきに言うとね、ボクはもともと君たちチングルマが大好きなんだ。高原でマツの実をためる時に、よくあいさつしてたんだよ。礼儀正しくて、でもしんがあって、しとやかで、すごく好きな一族さ。」

こう一気にまくしたてると、ちょっと間をおいて、自分のことばがどういう「インパクト」を与えたか確かめようとするように、クラをうかがうような目つきでじっと見るのです。クラはなんだかどぎまぎしてしまいました。ホシは突然またこう聞きました。

「で、キミのお母さん、どこに住んでるの？　まだそくさいなんでしょ？」

「え、ええ……マツの森の空き地です……元気に暮らしてます……」

こう思わず答えますと、「ああ、あそこね、あそこのマツは台風いらい、味がいまいちだね。」とくろうとっぽく言います。それからまたこう続けました。

「もともとぼくはキミの一族が好きだった。そしてその一族の女の子から、今日命を助けてもらった。だからもっと好きになっていい、これはキミも認めるね。いわゆるろんりてきひつぜんというやつだよ。」

　ホシは早口でこう言うので、聞いているクラは目が回るようで何も答えられません。これはホシには「しとやかな、あんもくのりょうかい」に見えてしまったようです。またせかせかとこう続けるのです。
　「うれしいね、さんせいしてもらって。で、好きになるってことは恋をするということだ。だからぼくはだんぜんキミに恋をした。」
　まだクラの目は回っています。
　「うれしいね、さんせいしてもらって。で、恋をしたら、あとは結婚するしかない。ぼくは決心した。キミと結婚する。でもあんしんしてよ。ボクも一応かくしきたかい鳥の名家の出だからさ。『ホシガラスの人生すごろく』のお祭りでは、ちごさんになって、ホシガラスの神様をお迎えしたこともあるくらいなんだよ。だからこれからちゃんと神様に、しょうがいのはんりょが見つかりました、クラという子ですってご報告して、その上でキミの母さんに結納に行く。マツの実、十個くらいでいいよね？」
　まだ目が回っていますと、こんどは「あんもくのはんたい」に見えたようです。パンと羽を打ち合わせて、思い切った決断をしたようです。
　「わかった、それじゃ少ない。十五個。ね、あぶらののりきった、芽吹き間近のマツの実、十五個、これでいいね。」

まだ目が回っています。

「うれしいね、さんせいしてもらって。じゃあボク、ぜんはいそげで今から行ってくる。ここで待ってるんだよ。こんやくゆびわ持って、すぐ帰ってくるからね。」

　ホシは本当に、口いっぱいにその「あぶらののりきった」マツの実をつめこんで、さっと飛び立ちました。

　しばらくしてようやく目が回っていたのがおさまりますと、こんどはすごくおかしくなりました。十五個の「あぶらののりきった」マツの実をずらりと並べられて、すっかり目を回しているお母さんの姿が心に浮かんだからです。でもきっとこれで、お母さんはクラがもうあの山の中腹がすぐ近くに見えるところまで来ていることを知るでしょう。お母さんが安心してくれるなら、それはすごくいいことだと思いました。

今クラがいるブナの木は大木で、その梢近くに腰かけていますか
ら、きれいな黄葉を通してお日様がきらきらと射しこんできます。

３７

　でもホシはなかなか戻ってきません。今クラがいるブナの木は大木で、その梢近くに腰かけていますから、きれいな黄葉を通してお日様がきらきらと射しこんできます。ですから今は暖かいのですが、このままだと夜はさぞ冷えるでしょう。山から吹き下ろす冷たい風が吹いてくるからです。クラは迷いました。下に舞い降りたら、今日明日くらいの寒さは下草のおかげでしのげるでしょう。でもホシが帰ってこなかったら、そこでそのまま「短い花の一生」ともいえない、花なしのおとめの生涯を終えるしかありません。ホシとの結婚というのは、それはまったく考えられませんが、でもそれは「ひゆ」かもしれません。お花をいっぱい咲かせれば、ホシがあのクチバシでマルたちと同じ「産夫役」をやってくれるという意味の「ゆいのう」かもしれません。それならお茶くらいはときどきして、そのうちどうきょして、まわりの目とかもあるから、いっそ「せき」もいれてしまうのかなとか思うのです。思いまどっていますと、近くでプーンという羽音が聞こえて、なじみの声がしました。

「ああ、やっぱりここだった。寒くない？」

　見上げると、あのマルハナバチのマルが、何かの花粉を手にいっぱいつけてにこにこ浮かんでいます。

「ううん、寒くない。でも夜がちょっと心配で……」

「だろう、ボクもそう思ったんだ。じゃ、うちにおいでよ。母さん病気だけど、でも歓迎してくれるよ。もうクラのことも話したんだ。せまいけど、あったかくてすごく楽しいお家だよ。すぐ近くだしさ。」

「でも……ホシが帰ってくるかもしれないし……ホシっていうのはね……」

「『森をつくるさきがけの名家で、すごろくのお祭りのおちごさんもやった。』だろ。でも今日はもう戻って来ないよ。」

マルがこう言って、何か思い出し笑いをするので、クラはすっかりあきれてしまいました。するとマルはそれを「あんもくのなんとか」と受け取ったらしく、ちょっと心配顔で聞きます。

「それとも、クラ、あんなおちょうしものが好き？ あいつと結婚するの？」

「いいえ、まさか……」

こう言ってクラは手をふりましたが、でも心の中ではさっき「産夫」としてなら、形だけの結婚も悪くないかなとか思ったばかりでしたので、「おんなごころって思ったより複雑ね。」と自分で自分につぶやいたのです。でもマルはさいわい気がつかないようでした。マルは山のふもとの空き地に咲いているお花をあちこちたずねて、蜜と花粉を集めた帰りだったのです。それで「結納」を納めに行ったホシとはちあわせになったようでした。二人は前から友だちだったようですが、マルはホシの話を聞いて驚きました。クラのお母さんも驚いていたようです。でも久しぶりに娘の話を聞けるのでとても喜んだようでした。ホシは特に話し好きのリンドウのおばさんと気があって、いろいろ森の噂話にはずんでいます。それを見たお母さんは、あの松の倒木のうろがあたたかいから、そこに泊まっていくように勧めたようなのです。

「もちろん、お母さん、キミは安全であったかくしてるかって聞いたんだぜ。もちろんだってあいつ胸張るからさ、かえってあやしいなって思って来てみたら案の定だ。何があったかくしてるだよ、ったく。夜になったら凍えちゃうじゃないか。」

　マルはぷりぷりした口調で言いました。たしかにホシには、ちょっといい加減でひとり合点のところがありますから、しょうらいの「おっと」としては、やはり問題かなとクラも思いました。

近づいてみると、森が終わるところは「ガレ場」という小石だらけの原
になっていて、その先は草原ではなく、一面に笹が生えているのです。

３８

「じゃあ……およばれしようかな、ほんとに迷惑じゃない？」

クラがこう言いますと、マルはうれしそうに手を差し出しました。

「だからさ、母さんがもうクラのファンなんだ。ボクは結納とかしないから安心して。」

こう言ってマルはくすくす笑います。クラはそれで「安心して」マルと手をつなぎました。風がほとんどない森の中では、クラは自分では飛べないのですが、風がじゃまをしない分、マルがゆっくり飛んでくれて手を引いてくれれば、いっしょに飛ぶことができるのです。

それは本当に気持ちのいい「一飛び」でした。マルのお家は森はずれにあります。もう山の中腹の草原が目の前に見えるところにあるのです。夕日を浴びてどっしりとあたりを見おろす山は神々しい輝きを放っています。もしクラがその山の中腹に「落ち着けば」、マルのお家とはほんの「隣近所」になれそうでした。

ところが妙なことに気づきました。近づいてみると、森が終わるところは「ガレ場」という小石だらけの原になっていて、その先は草原ではなく、一面に笹が生えているのです。下から見ると草原の緑に見えたのですが、笹原の中では、チングルマのような背の低い花は生きていけません。がっかりしてしまいました。マルはそんなクラの気持ちが分かったようです。なぐさめるようにこう言いました。

「元々はね、気持ちのいい日当たりのいい草原だったんだ。それがだんだん土地が乾いてきてね、笹しか育たなくなったんだよ。でも湿気さえ戻れば、また草原になるかもしれないって言ってるチョウチョもいるよ。」

クラは、こういう高山には「ゆうきゅうのしぜん」があるとみんな言っているけれど、近くからくわしく見ると、ほんとうに色々な変化が毎日起こっているのだと感じました。故郷の森の空き地も、森から空き地になって、それからまた森に戻っていくわけですし、この山腹の草原も、湿気が少し変わっただけで、こうして笹ばかりの土地になってしまうのです。

その「ごるふ場」にまいた「雑草駆除」の薬が、遠くまで飛び散って、たくさんのマルハナバチが死に、女王様の家族もかわいそうに全滅してしまいました。

３９

　マルの家は、地面のくぼみに枯れ草をたくさん積んで作ったものです。マルハナバチはミツバチの仲間ですが、巣は地面の上にあり、そしてわりと小さいのです。その分、家族はとても仲が良く、兄弟同士助け合って生きていました。もう森もここいらまで来ると、山からの冷たい風も吹いて、ほとんど寒いくらいなのですが、それでも枯れ草とあたりの笹をうまく使って、身を寄せ合うように暮らしています。それで家の中にはいると、ぽかぽかして春のようでした。すぐマルが、お母さんにクラを紹介しました。お母さんはとてもきれいな方で、女王様なのですが、むしろ大きな家の奥さんのような感じで、とてもきさくな方です。ただ、最近まで重い病気だったようで、まだ少し顔色はあおざめていました。

　「クラさんのお母さんは、奥山の『楽園』のご出身なのね。マルから聞きました。」

　女王様は、ハチミツのお菓子をクラにすすめながら、こう言いました。「楽園」というのは、あのお母さんのお母さんがたくさんの娘たちをお嫁入りさせていた立派な湿原のことです。ただ、その湿原がどこにあるのかは、不思議なことですが、だれも知らないようでした。お母さんもだから、お婆さんにお便りしたくても、あて名が分からなかったのです。

「クラさんも、そのふるさとの『楽園』に行かれるの？ そのための『さきがけ』なの？」女王様はクラにこう聞きました。

「ううん、クラはね、山の中腹にしんかいちを作りたいんだって。あの笹原の向こうあたり、いい土地ないかな。」

マルがクラのかわりに答えて、手にまだついていた花粉を、幼虫の弟たちや妹たちに食べさせてあげました。

「あそこはだめですよ。吹き上げの風が強すぎて、山頂にまで飛ばされてしまいます。」

女王様はこう言ってほほえみました。

「わたしもね、じつは『さきがけ』だったの。それでいろいろここいらを飛び回ったのよ。」

それから女王様は、ご自分の「へんれき」を少し話して下さいました。元々あのミソサザイたちが暮らしていた、もう里に近いあたりで生まれたのだそうです。それでそこには立派なマルハナバチの家がたくさんあって、女王様の家もその一つだったのですが、突然、その幸せな暮らしも終わりました。人間たちが、野草がたくさん生えていた草原を全部刈り取って「ごるふ場」という、遊びの場所に変えてしまったのです。白い小さなボールを転がして穴に入れるという、なんだかよく分からない遊びですが、ボールを転がすために、そこにしきつめる背丈の短い特別な草以外は、「雑草」ということになってしまったのです。ハチたちの大切な食糧を与えてくれていた草花は、すっかりなくなってしまいました。それだけではありません。その「ごるふ場」にまいた「雑草駆除」の薬が、遠くまで飛び散って、たくさんのマルハナバチが死に、女王様の家族もかわいそうに全滅してしまいました。それを吸った女王様ご自身も重い病気にかかってしまったのです。クラはほんとうにお気の毒に思いました。

女王様は、どんぐりのお皿に入った花粉入りスープをクラにすすめます。

４０

　それで女王様は、自分たちの森が滅びていくのを見て、ますますその「楽園」に心ひかれたようでした。そしていちだいけっしんをして故郷を離れると、その湿原の楽園を探すために、この森はずれまで飛んでこられたようなのです。
「でも、もう病気のせいで体力がなかったから、続かなかったの。これまで細々なんとか渓流沿いの草原でお花を見つけて暮らしてきたけれど、もうそれも限界でねえ。」
　女王様は、どんぐりのお皿に入った花粉入りスープをクラにすすめます。そしてごちそうのごしょうばんにばんざいをしている子供たちをやさしい目で見ながら、またため息をつきました。
「だからボクが『楽園』を探してくるって言ってるのに。」
　マルは不満そうに言いました。

「母さん、まだ子供だ子供だって言って止めるでしょ。でももう羽だってぐんぐん大きくなってるし、いきなり『楽園』は無理かもしれないけど、その噂が聞けるあたりまでならじゅうぶん飛べると思うよ。あの火山のもっとむこうかもしれないって、みんなも言ってるし。」

　その火山は、右手の森のそのずっと先にそびえています。森は沢になっていて、もう見通せないくらいに色々な木が生い茂っていました。火山からは今もほそい煙が上がっています。

　クラはさっきから、一つのことを思い出していました。お母さんがその湿原を飛び立ってから、まず尾根を越え、それから深い森を沢沿いに下っていったというお話です。お母さんもまだ子供でしたし、それにとても風の強い季節だったらしく、はっきりしないことも多いのですが、でも今ここに来てあの火山の方向を見ると、はっきりとそちらが「楽園」のその「湿原」があるあたりだと感じるのです。それで思い切ってこう言ってみました。

「わたし、案内できるかもしれません。お母さんから尾根をまず越えたって聞いているんです。その尾根に生えていたのはハイマツっていう背の低いマツで、それがびっしり尾根をおおっていたと聞いてます。そしてその尾根に洞窟があって、そこから湯気が出ていたそうです。それを目印に探せば、見つかるかもしれません。」

　女王様の顔がぱっと明るくなりました。マルもすごく乗り気になっています。クラも実を言うと、山の中腹はもう笹原になっていて、暮らすには無理なようだから、いっそお婆さんがまだ暮らしてらっしゃるに違いない、その「楽園」を探してみようかなと思っていたのです。見つからなくても、そこに近づければ、草原はあちこちに広がっているでしょうし、そういう「一族の故郷」に近いところで暮らすのもいいかなと思ったのです。

どうしたわけか、ごく近くにあのホシに似たホシガラスの若鳥がい
て、ぱくぱくと好物のハイマツの実を食べながら笑っているのです。

144

４１

　女王様も、クラと同じことを感じているようでした。しばらくして、こう言われたのです。
　「じゃあ、少しだけ探してみましょうか。マルといっしょに、あの奥山の方に行ってみて、何が見えたか教えて下さい。じんせい、希望を持てば、生きていくのが楽しくなります。だから『楽園』は見つからなくても、それに少しずつ近づいていけばいいのです。子供たち、孫たち、孫の子供たちが、自分と同じように『楽園』に近づこうとすれば、そして希望を持って生きていけば、やがていつかは森と山の神様のみこころにかなう幸せな子供が生まれて、その『楽園』に到達できるに違いないとわたしは思います。」
　クラはそれはほんとうだと思いました。自分もやがてお母さんになって、子供たちをたくさん風に乗せて飛ばします。その子供たちの子供たち、孫たちが森と山の神様のしゅくふくをうけてやがて「楽園」に到達すれば、それが大きな意味で、「里帰り」ということになるのでしょう。「さきがけ」として出発して、「里帰り」で終わる、それはすばらしい生き方だなと感じました。

　問題はしかし風です。この季節、これも「おんだんか」の影響のようですが、今までここいらには来なかった「台風」という、ものすごい暴風が何度か来るようになっていました。女王様は、ともかくこの大風が来たら、森の奥の大木を見つけて、その洞に避難するようにマルに念を押しました。マルももちろんそうしますと答えます。でもやはり風がないとマル自身も遠くには行けません。それでそのことを気にしますと、女王様は、にっこり笑いました。
　「わたしがやろうとしたことなのだけどね、あの山越えの風を使いなさい。朝早くの風が一番穏やかです。あの笹原のはしまでいって、その風にのるのです。山頂を越えていく風と、少し低い尾根を越えていく風があるから、その尾根越えの方に乗るのです。天高く舞い上がったら、そこで奥山の方向を見定めて、ゆっくり降りていきなさい。帰りは森づたいに帰ってくればいいでしょう。だから二三日で足りますよ、きっと。クラさんは沢沿いの空き地を探すといいでしょう。きっと気持ちのよい場所が見つかります。わたしもわかいころ、そういう沢沿いに暮らしているお花をたくさん見ましたからね。」
　クラのこころにぱっと岩棚のような空き地が浮かびました。沢沿いの空き地に違いありません。とても気持ちの良い日だまりでした。そしてもう自分が立派なお母さんになって、小さな花をたくさん咲かせ、やがて子供たちをがくの上に乗せる日が近づくのを夢見ているのです。ああ、これも「さきがけ」の予見に違いない、きっと自分はそういう楽しい我が家を持てるだろうと感じて、すごくうれしくなりました。

　ただひとつだけちょっと調子がくるうことがありました……その美しい夢の中に、どうしたわけか、ごく近くにあのホシに似たホシガラスの若鳥がいて、ぱくぱくと好物のハイマツの実を笑いながら食べているのです。さもさもそのお花畑は自分が作ったのだといわんばかりに……どうしてこういう「いめーじのこんらん」が生じるのかよく分かりませんが、ともかく、ホシガラスはたくさんいますから、「他人のそらに」だろうと思うことにしました（そうでなかったことが分かったのはずっとあとになってからです）……

　その日はマルのお家で休むことにしました。たくさん人生の夢を語り合って、マルとほんとうに親友になれた気がしました。女王様も、ここに来るまでに自分が見たもの、考えたことを二人に話してくれたのです。それはとても有意義な秋の夜でした。

ひゅうっと山越えの風が吹いてきます。二人はそれに乗って、一気に岩壁沿いに上昇していきました。

第八章　楽園へ

４２

　翌朝早く、マルといっしょにまずそよ風に乗って、笹原のはしまで行きました。そこはガレ場で、もうすぐ岩壁が始まっています。岩壁の中ほどに「山の肩」があり、そこから右手の方には、これもずいぶんと高いのですが、尾根がずうっとあの沢の元のあたりまで連なっていました。女王様も病気をおして、子供たちといっしょに見送りに来て下さいました。

　「お日様が尾根から顔を出しました。さあ、そろそろですよ。マルは風に乗ることだけこころがけるのよ。羽ばたく必要はありません。ただクラさんの手は、けっしてはなしちゃだめです。羽を傾けて、方角を決めるようになさい。」

　「分かりました、お母さん。クラと二人で、きっと『楽園』への道を見つけて帰ってきます。楽しみにしていて下さい。」

　マルはこう言って、クラの手をしっかり握ってくれました。ひゅうっと山越えの風が吹いてきます。二人はそれに乗って、一気に岩壁沿いに上昇していきました。手を振っている女王様や子供たちの姿が、見る見る小さくなっていきました。

もうその上昇気流を使う「先客」のトビやハヤブサ、それにオオタカといったこわい鳥たちがはるか上空にいて旋回しています。

４３

　空は秋晴れの快晴です。上昇気流に乗って一気に高度をあげていきます。もうその上昇気流を使う「先客」のトビやハヤブサ、それにオオタカといったこわい鳥たちがはるか上空にいて旋回しています。彼らはそこから獲物をねらったり、おたがいに肩がふれたのどうのでにらみあったりしていますが、マルはハチだし、クラはお花の種なので、こういう鳥はかえって「問題なし」のようでした。

　「ただハチクマっていうタカみたいなのがいてね、こいつだけがあぶないんだ。ハチばっかり食べるタカで、おそらく前世のいんねんか、進化のまちがいだろうって森のホー先生なんかは言っている。」

　思いがけないところでホーおじいさんの名前がまた出てきたので、クラの心に
はさっとあの月夜の海岸がよみがえりました。オオトカゲの子供のガランが、も
うこんな生き地獄はいやです、死んでしまいたいですと月の女神様に訴えていた、
悲しい場面です。クラは、あの子に比べれば、自分たちははるかにめぐまれてい
ると感じました。マルと自分は、地獄から逃げているわけではなく、ただ噂に聞
く「楽園」をめざす、そういうさきがけだからです。でもガランも、結局自分の「楽
園」を見つけて、海草を食べるトカゲに「進化」したわけで、それはほんとうに
よかったと思いました。

　右手に女王様の言った尾根も見えてきました。たしかに尾根越しの風も吹いているようです。尾根には低い木がたくさん生えていました。マルがハイマツという木だと教えてくれました。ああ、あれがお母さんの越した尾根にも生えていた木だとクラは思いました。

「あれよ、『楽園』はきっとあそこ。ほら見て、とってもきれいな青緑の帯（おび）が見えるでしょ。」

４４

「もうちょっと高度を上げてから、あちらむきに下っていくからね。高い方が見晴らしがきいて、ひょっとしたらもうその『楽園』の入り口の尾根が見えるかもしれないよ。」

マルはこう言いました。クラもこれはとてもいい考えだと思いました。もしその入り口の尾根がここから意外と近いなら、今日はこの吹き上げの風以外は雲一つ無い晴天のようですから、ひょっとしてそちらまですうっと斜めに「降下」していけるかもしれないと思ったのです。

そしてたしかに、この見晴らしを確保するという方法は大成功でした。まず奥山の火山が全容を現し始めました。噴煙が上がっており、最近もなんどか噴火があったようで、山肌は赤茶けています。でも火山の向こうにもすばらしく深い森林が広がっているのが分かりました。そしてその森林の入り口をふさぐように、まさにお母さんから聞いた話通りの尾根が、すうっと斜めに伸びていたのです。その尾根の中腹からは細い白い煙、おそらくあの洞窟からの湯気も上がっていま

　した。ただ煙は一カ所ではなく、数カ所から上がっています。それだけがお母さんの思い出との違いでした。

「あれかな？　ハイマツの尾根だよきっと……湯気も見える。」

　マルも目を細めてそちらを見ています。クラもじっとそちらを見ていますと、高度がもう少し上がり、尾根の後ろが見えてきました。クラは思わず歓声をあげました。

「あれよ、『楽園』はきっとあそこ。ほら見て、とってもきれいな青緑の帯が見えるでしょ。」

　たしかにそこには初めて見るような、すばらしい青緑の帯がずっと向こうまで伸びているのです。

「わあ、あれだよきっと、やったねぼくたち、『湿原の楽園』を見つけたんだ。きっとうまくいくよ。今日は無理でも、明日くらいにはあの尾根のふもとにたどりつける、そうしたらまた尾根越えの風を待てばいい。らくしょうだよ。」

　二人は思わず「ハグ」して、「ハイタッチ」して「かんどうをひょうげん」しました。でもこれはちょっと問題だったようです。マルの羽の方向が斜めになって、岩壁がどんどん近づいてきます。危ういところで、また羽を調節して、岩角を飛びぬけることができました。

グエッグエッというカエルのような鳴き声がまず
聞こえ、それからなじみの声がすぐ下でしました。

４５

　もう「山の肩」が間近でした。そこから風は二つに分かれ、左の風は速度を増してそのまま山頂を越えていくのです。右の風はそれより弱く、尾根を越えて、向こうの深い森に下っていくのでした。マルは注意して、左の羽を少したたみ、右の羽を少し伸ばしました。するとすうっと右手に体が回って、尾根沿いの風に乗ることができたのです。

　「これで安心だよ。森の半分くらいまでこの飛び方で行けるから、あとは森に入って、ゆっくりいっしょに飛んでいこう。」

　もう二人はすっかり遠足気分でした。「楽園」についたら、そこの湿原の神様にまず二人であいさつして、それから「ごくごくはしの方」に空き地はないですかと聞いてみるつもりです。もちろん広い広い湿原ですから、そういう空き地はまだたくさんあるに決まっています。そこの一つにクラは根を下ろし、すぐ近くの少し乾いた場所にマルたちは引っ越してくることになります。そうしたら、「みらいえいごう」にお友だちとして暮らしていける、そういう楽しい、心おどるような「将来像」を二人で描き続けたのです。

　尾根が近づいて来ました。ハイマツというのは、ほんとうにマツの木が地面をはっているみたいだなとクラが思ったその時です。グエッグエッというカエルのような鳴き声がまず聞こえ、それからなじみの声がすぐ下でしました。
「やあ、こんなとこにいたんだ。さがしてたんだよ。ボクの大事な婚約者がいなくなった、マルといっしょにかけおちしたって、あのやっかみ者のキツネが言うからさ、あわててマルの家にかけつけたんだ。それでボクがそう言うとね、女王様は笑ってばかりで、お茶はどう、ハチミツのお菓子もありますよ、花粉入りのスープはあなたにはちょっと重いかしら、とか言うの。キミたち一族はちょっと意地悪だね。」
　ホシでした。あの深緑色のベレー帽をかぶったような大きな頭をかしげて、きょとんとした目つきで二人を見上げています。マルがすぐ気をきかせて、小声でホシに言いました。

160

「今、キミのてんてき、多いからさ。枝にかくれて飛んだ方がいい。下の森で落ち合おうよ。」

　たしかにトビやオオタカが真上でまだ旋回（せんかい）を続けています。ホシも声を落として、「分かった、キミたちは良く気がつく、友だち思いの親切な一族だ。ボクもその点は高く評価（ひょうか）してるよ。」と、さっきとは「まぎゃく」のことを言ったので、マルもクラも思わずくすくす笑いました。

立派な渓流の水は美しく澄み切っていて、たくさんの
お魚を養っていることが上から見ても分かりました。

４６

　ホシと別れて、ゆっくり尾根の山腹を下って行きます。ここもハイマツの下はガレ場で、それから先の少し草原っぽいところはまた笹原になっています。どうやらお花畑をここに作るのは無理なようでした。でももう「楽園」が見つかったのですから、もしここに気持ちのよい、日当たりのよい草原があったとしても、クラはそこに暮らすよりは「楽園」を選んだだろうと思いました。

　笹原が終わると林が始まり、それはやがてとても深い森になりました。山のふもとには美しい渓流が流れています。

　「この渓流はね、きっとあのあっちの尾根から流れてくるんだよ。ぐるっと回って、この尾根沿いに流れくだり、ぼくたちが知ってる沢になるんだね。すごいな、あんなにたくさんお魚が飛びはねてる。シカもリスもいるね。」

　マルの言う通りです。立派な渓流の水は美しく澄み切っていて、たくさんのお魚を養っていることが上から見ても分かりました。そればかりでなく、シカやリス、そして小鳥たちも本当にたくさんいるのです。ここも小さな「楽園」だなと分かりました。きっとその「楽園」の湿原が水源地になって、きれいなきれいな水をこちらまで送ってくれるから、こういうすばらしい渓流になったのだとクラは感じました。マルは、渓流沿いの弱い谷風に乗れば、おそらく今日中にあの尾根のふもとに辿りつけるだろうと言います。クラもすっかりもう遠足気分でした。

「ボクたち、『楽園』を見つけたんだ。いっしょに行こうよ。」
Yoshi

４７

　尾根越えの風が弱まり、それに代わって下からの渓流の風が吹いてきます。その風に乗ったころ、またホシの声がすぐ近くで聞こえました。
「上はだいじょうぶかい？」
　見ると杉の大木の梢にとまって、さかんに上を気にしています。クラもマルも今越えてきた尾根をみやりましたが、トビやタカは、尾根の向こうの上昇気流に乗るのが好きなようで、みなあちら側にかたまっています。尾根のこちら側にはいませんでした。
「だいじょうぶだよ、一羽もいない。ボクたち、『楽園』を見つけたんだ。いっしょに行こうよ。」
　マルがこう言いますと、ホシは目を丸くして、あわてて飛んできました。

　「『楽園』って、あのりっぱな湿原の楽園？　お花畑があって、鳥も動物もみんな仲良く暮らしてるっていう噂の？」

　「そうだよ。クラのお母さんがそこから飛んできて、道のとくちょうをクラに教えたんだ。その道をぼくたちさっき上空から見つけたんだ。」

　クラもいっしょになって、その道のことを説明しました。するとホシは、特にその尾根にハイマツが「びっしりと、ぎっしりと、りっすいのよちもなく」生えていることを何度もたしかめて、にっこり笑いました。

　「じゃ、ぼくも決心した。ぼくはその尾根で暮らす。そして『楽園』をせいしんてきにたのしむよ。キミたちと遊べるし、てんてきもいないみたいだし。でも食べ物は必要だろう。いきものはせいしんを楽しみ、にくたいで生きる。だから尾根でおいしいハイマツの実をたべて、このはかないむじょうのからだをやしなうことにしよう。」

「やしなって、やしなって、丸々太るねきっと。飛べなくなるかも。」
マルは愉快そうに笑いました。

「せいしんにおいて、ここにはめいかくに三角関係がある。」

４８

　ともかくホシは、いっしょに行く決心がついたようです。さっぱりした顔で、マルにこう言いました。

　「じゃあ、残ったのは『けっとう』の問題だけだね。ちょうどいいから、ここでやっていこうよ。」

　「けっとう？　ボクとキミが？　どうして？」

　マルがあきれますと、ホシはてきぱきと、針のような杉の葉を一本口にくわえ、軽く宙に「突き」を入れながら言いました。

　「もちろん、キミがボクのさいあいの婚約者とかけおちしたからだよ。」

　「かけおちって……」

　今度はクラが目を丸くする番でした。マルがぱちっとウィンクします。どうやらなんだか変なことになりかけているけれど、「きけんはない」ようです。それでちょっと安心しました。

　「分かった。でもその前に、キミがクラの婚約者だっていうことを証明しなければね。それが証明できたら、ボクが公式にキミをもうありえようもないくらいひどくぶじょくする。だってゆうじょうにあついキミを、けっとうに向かわせるわけだからね。そのくらいは必要だと思うよ。」

　「それはボクもそう思う。けっとうはなにしろとってもきけんだからね。」

「で、キミは婚約者なんだ。ボクたちが聞いているのは、キミが最初十個のマツの実を、クラのお母さんへのあいさつのおみやげに持っていこうとしたことくらいだよ。」

「十五個だよ。」ホシが訂正します。

「十五個、分かった。それでクラのお母さんがキミを見て、いい子だなって思った。リンドウのおばさんは、おしゃべりだから、キミと森の将来、かんきょうおせん、おんだんか、とうとうについて一晩語り明かした。ボクたちが知ってるのはこれだけだ。クラのお母さんは何て言ったの？」

「お母さんは……認めてくれた。」

「まあ……」

クラがまた目を丸くしますと、ホシは付け加えました。

「せいしんてきなかんけい、は星の数ほどある、だからボクがクラを好きになるのも不思議はないっておっしゃった。」

クラはほっとしました。せいしんというのは、なんだかぼんやりしていて、こうしょうだけれども、いっしょに暮らして子供をつくるせいしんというのは、あまりいないように感じたからです。

「ふうん、さすがクラのお母さんだね。いいこと言うね。ボクだってクラ好きだ

から、せいしんてきには、あい、とか、こい、とかに近いところまでいっている
かもしれないね。それは自分のしんそうしんり、だからよくわからないけど、外
からは見えるのかもしれない。ホシのせいしんてきあい、がぼくたちにはっきり
見えているみたいにね。」

　マルはすごくしんけんな口調で言いますが、なんだか必死に笑いをこらえてい
るようです。クラもすごくおかしくなってきました。

　ホシは一つうなずき、またくちばしにくわえた杉の針で、ちょんと軽く宙に「突
き」を入れました。

「じゃあきみもこくはくした、ぼくもこくはくした。せいしんにおいて、ここに
はめいかくに三角関係がある。三角であるかぎり、一直線にいっしょに楽園まで
飛んでいくことはできない。まず、とがった角をぴたっと一つの線にする。それ
はけっとうによってしかかいけつできない。かのてつじんピタゴラスも、三角形
は結局直線である、と言ったと、ホー先生もおっしゃった。いわゆる『内角の和』
というのは、こころの調和のことだからね。さんにんのこころがまっすぐにひと
つにならないと、『楽園』にはいけない。だからやはりけっとうだ。これはキミも
認めるね。」

　ホシがこう重々しく言うと、マルもうなずきました。

「それはみとめる。じゃあ、さっそくやろうよ。もういい風が吹いてるし、時間がもったいない。」

「いいかい、ハンディをなくすために、キミはおしりのはり、ぼくはこの杉の葉っぱでたたかう。それでいいね。」

「さすがホシだね、ゆうじょうにあつい武器の選び方だよ。」

「じゃあ、よくきいてよ。チャンスはおたがい一回。ぼくはこのはっぱでキミの右の羽を突く。右だよ。まちがえないでね。それでキミは左によける。それからキミはぼくの左の羽をめがけてそのおしりのはりをつきだす。ぼくは右によける。それからハグして、無事をいわい、えいえんのゆうじょうを誓い合う。これでいいね。」

「いい、ばっちりだよ。分かりやすくていいけっとうだ。」

「じゃあ、クラが『はじめて』と言って、さっとハンカチをふったらはじめよう。」

二人は真剣な目でクラを見ます。クラは必死に笑いをこらえながら、でも少しこわいのでそちらは見ないようにして、げんしゅくな口調で「はじめ」と言い、さっとハンカチをふりました。

「じゃあ、ぶじょくするよ。キミはいつもマツの実のことばかり考えてる、それではいいおっとになれない。もっとかふんのことを考えなくっちゃ。」

　マルがこう「ぶじょく」しますと、ホシはキッとした顔でこう言い返しました。

　「キミはいつもかふんのことばかり考えてる。かふんが乗ってるのは花びらだ。その美しさを知らないと、クラはきっと悲しむ。」

　「ふうん、いいこと言うね。」マルは感心したようでした。

　それから二人は構えに入り、突進が続き、からぶりで終わりました。ホシが右と左をまちがえて、マルのおしりのはりが羽のすぐ近くまできてちょっとひやりとしましたが、マルが自分でまちがえたふりをして、「ごめんごめん。」と言いながら逆の方に向き直ったので「ことなきをえました」。それからハグして、三人で「えいえんのゆうじょう」を誓ったのです。

「嵐が来るよ。隠れ場に戻った方がいいよ。」

49

　その日は、ほんとうに気持ちのよいお日和でした。もう秋も深まっているのですが、風はほとんどなく、お日様の日差しで森も渓流もぽかぽか暖められています。紅葉や黄葉の木々も、ちょっと葉っぱを落とすのが早すぎたかなと後悔している様子でした。三人は遠足気分で、いろいろなお話をしながら、風に乗って上流を目指します。ちょっと風が弱くなってクラが落ち始めますと、ホシが後ろに回って羽風を送ってくれますので、また持ち直して次の風を待つことができました。

　ところが一つだけ、ちょっとどきりとしたことがありました。渓流のそばの高い梢に青い鳥がとまっているのを見かけたのですが、その小鳥はホシの知り合いのようで、三人に向かってこう叫んだのです。
「嵐が来るよ。隠れ場に戻った方がいいよ。」
　それはオオルリというきれいな小鳥でした。高い梢に一羽でとまり、風の様子や天候を調べては森の生き物たちに教えてくれるので、とても重宝され、尊敬されている鳥です。ただ虫を食べる鳥なので、マルはちょっと青ざめて、きんちょうした顔をしています。でもさいわいそのオオルリは、今は天気のことだけに集中しているようでした。

「いつごろだい、それは？　きょうあすかい？」
　ホシがこう聞くと、オオルリはまた空を見上げ、「その次の日くらいだろうね。」
と答えました。それで三人は、ともかく今日は行けるところまで行って、できる
だけ明日中にあの尾根を越えようと話しあったのです。

クラの「しんこうの声」にまるで答えるかのように、天の川のほとりにぼうっと青白くホシガラスの姿が浮かびあがったのです。

５０

　その日の夜は、渓流の上流の川原に泊まりました。岩棚があって、その陰に気持ちのよいくぼみがあったので、そこで三人、体を寄せ合って寒さをしのぎながら夜をすごしたのです。とてもきれいな星空が広がっていました。天の川がこちらに降り注ぐように輝いています。それを見上げながら、マルがホシに聞きました。

　「キミたちホシガラスはさ、ホシから来たカラスだってことになってるだろう。ボクいつも不思議に思うんだけど、どこみてもその『青い透明な神様のカラス座』っていうのが見えない。どうしてなの？」

　「それはね、キミにしんこうがないからだよ。」

　ホシは、お茶請けの、まだ熟していない小さなマツの実をぽりぽりおいしそうにかじりながら、すましてこう言いました。

　「じゃあ、キミにはあるんだ、そのしんこうが。」

　「もちろんあるよ。それがぼくたちホシガラスの、まあいうところの、いわゆる、すなわち、そんざいのこんきょだからね。ホシガラスというのは、もともとお日様の息子だったんだ。これは知ってるね？」

「それは知ってるよ。おとぎ話で聞いてるよ。いたずら好きで、お日様のお化粧の鏡を隠したんで、その罰にしばらく天にいなさいって、星座になった、あの話でしょ。」

「うん、それでね、そのご先祖様は、星空でもいたずらばかりしていて、そのうちみんなに嫌われ始めた。それですごく落ち込んだらしい。この気持ち、クラ分かるよね。」

「うん、分かる。嫌われるのって悲しいもんね。」

「それである晩、地球の裏側にいらっしゃるお日様に向かって、『ちかい』をたてたんだ。もういたずらはやめます。これからは生き物と山と森と川のために生きますってね。それでまっしぐらにこの地上に降りてきた。それがボクたちの最初のご先祖様なんだよ。降りると、すぐ『造林局』というぶしょをたちあげて、自分でその『局長』にしゅうにんした。そしてマツの実をたくさんためて、『植林』を始めたのさ。生き物みんなが楽しく暮らせるようにね。」

「ふうん、いい話ね。じゃあそのお話を信じることが、しんこうなの。」
　クラが感心してこう聞きますと、ホシは軽い調子でうなずきました。
「そう、まあいわばこうとうでかたりつがれるせいしょ、だね。クラでもしんこうしていいんだよ。ほら生き物のために下って来られたご先祖だからさ、へんけんとか持ってないんだ。」
「わたしでも？」
「うん、キミでもだよ。ぼくたちのきょうかいは、この天地だ。祈れば、それがまっすぐ天に昇っていく。」
「じゃあ……試していい？」
「うん、お試しよ。じんせいが深まると思うよ。」
　ホシはまた、パリパリッとマツの実をかじります。あんまり信仰が深そうには見えませんが、それでもホシのご先祖様は立派な方だとクラは思いました。お日様の息子様ということは、お日様の孫娘がご先祖だったと伝えられているチングルマとは親戚ということでもあります。それでクラは心を澄ませ、星空を見上げてこう言いました。

　「ホシガラスの神様、お日様の息子様、わたしもすこしでもチングルマのため、そして生き物たちのためになりたいのです。森と渓流を少しでも豊かにしたいのです。ですから、最初にそのお仕事をはじめられたホシガラス様を、深くそんけいいたします。」

　クラがこうこころをこめてお祈りした時、驚くべきことが起きました。クラの「しんこうの声」にまるで答えるかのように、天の川のほとりにぼうっと青白くホシガラスの姿が浮かびあがったのです。足でマツの実を押さえて食べながら、でもこちらを見てにっこり笑っていらっしゃるようでした。いくつかの星座にまたがっています。今までは他の星座の星とばかり思っていたのが、こうして光っているのが見えると、ホシガラスの星座の星なのでした。やはり信仰がなかったので、こころの目がくもって見えなかったようです。

　「ほら、おやじどのもああして天のマツの実を食べてる。ボクたちもね、ここでいいことをしたら、死んで天にのぼって、あのマツの実を分けてもらえるんだ。これもしんこうだけどね。」

　ホシは、うれしそうにこう言うと、グエッ、グエッとトノサマガエルのような鳴き声を夜の森に響かせました。ご先祖様の星座は、また青白くきらきらと輝いて、その子孫の信仰を「かのう」されたようでした。

「ぞくじんは、ここまでじゃ、ここから先に入ってはならん。」

第九章　楽園の終わり

５１

　翌日は、また早朝から谷風に乗っていきました。昨日、あの天気にくわしいオオルリは、もう数日後に大嵐が来ると警告したわけですが、それが本当とは思えないくらい、また穏やかな秋晴れの日です。この調子ですと、お昼ごろにはあの上流の尾根のふもとに着けるはずです。渓流もあいかわらずとても美しい清流なのですが、どんどん幅が狭くなり、流れも急になって、もう「げんりゅういき」に近づいていることはあきらかでした。すると昼近くになってでしょうか、またすぐ下から声がします。

「ぞくじんは、ここまでじゃ、ここから先に入ってはならん。」

　驚いて下を見ると、年老いたカモシカが一頭、こちらをじっと見上げています。カモシカは山の神の使いとされ、とても尊敬されていますが、高山に住む生き物なので、めったにこういう、深いとはいえ平らな森にまで下ってくることはありません。それで不思議に思いながら、それでも降りていってみました。カモシカのおじいさんは、渓流を飛び石づたいに渡ろうとしていて、三人に気がついたようでした。

「どうして入ってはならないのですか？　山の神様の縁日はもう過ぎているはずですが。」

　マルがかしこまって聞きました。おじいさんは、マルが山の神をうやまういい子だということが分かったのでしょう、厳しい調子を少しゆるめて、こう言いました。

　「いや、山の大神様は、今奥山の大伯父殿と話し合いに行かれておる。次の噴火をできるだけ遅らせて、わしら森や山の生き物の難儀を少なくされようというのじゃ。ありがたいことでござる。じゃから、縁日ではのうて、ここから先はの、つい最近亡くなった森の衆の聖域になったのじゃ。」

　「噴火で……ですか？」

　マルが三人を代表してこう聞きますと、カモシカのおじいさんは、うなずきました。

　「噴火、噴煙、山火事……あとは、まあいろいろあるが、ともかく、火の山の大伯父殿の怒りを受けて亡くなった生き物たちじゃよ。」

　「怒り……何か悪いことをしたのでしょうか？」

　クラがどきりとして思わずこう聞きますと、おじいさんは首を横にふりました。

　「いいや、悪いのは森の生き物ではない、里の人間じゃよ。もう森と山をどんどんおかしておる。それを罰しようとされたのじゃが、そこまでの力は大伯父殿にはなかった。それで近くの森や原が被害をこうむったのじゃ。大伯父殿はさらに人間たちに対する怒りを深めたのじゃが、亡くなった生き物たちにはひどいことをしたと後悔された。それで聖域をもうけて、ぼだいをとむらわれたのじゃ。」

「だから、山の神様は今がいい機会だと思われたのですね、次の噴火を遅らせていただく絶好(ぜっこう)の機会だと。」
　マルがこう言いますと、カモシカのおじいさんは笑いました。
「お前はしょうらい、山の神に呼(よ)ばれるかもしれんの。外交官(がいこうかん)の才能がある。なかなか頭の良い子じゃ。」

まず硫黄の臭いがしました。あの湯気を出している穴から、その臭いがどんどん漂ってきて、もうむせかえるくらいです。

５２

　おじいさんは、三人がどこに行こうとしているのか聞きました。クラは、自分のお婆さんが暮らしていた湿原に行くつもりだと答えました。そしてその「楽園」が、あの尾根の向こうにあることが分かったから、そこに行って「根を張ろう」と思う、友だちのマルもホシも引っ越してくるつもりだと言いました。おじいさんは、さらにその道のりをくわしく聞きますので、尾根のこと、ハイマツのこと、白い湯気のことを話しました。おじいさんは聞き終わると深いため息をつきました。クラはなんだかまたどきりとしました。そのため息には、色々な思いと悲しみがこめられているように感じたからです。おじいさんはやさしい目で三人を見ました。

　「『楽園』はどこにでもある、そういうもんじゃよ。ただしっかりそれを見つける心と目を持っておらんといかん……わしが口で言うより、百聞は一見にしかずじゃ……たしかにこの沢がその『楽園』への道じゃった……自分の心と目で確かめなさい。そして難儀を受けて亡くなった生き物たちへの、うやまいといたみの心を忘れんようにしなさい……わしはそれ以上はよう言わん……よう言わん……」

　おじいさんは悲しそうに首をふりながらため息を何度もつき、三人に別れを告げて、森の中に消えていきました。

　残った三人は顔を見合わせました。なんだかとても不吉な胸騒ぎがします。でもお年寄りのカモシカですし、ここいらはもともと「山回りのしょくしょう」には入っていないはずですから、何か思い違いをされているのではないかとも感じました。

　「どうしよう、行ってみる？」

　マルがこう聞きますと、ホシは「行こう、おじいさんが言ったように、『自分の心と目で』ともかく見てみようよ。」ときっぱり言います。それで三人の心もまた一つにまとまりました。

　この日の午後、尾根のふもとに着きました。するとおじいさんの言った言葉、これは「楽園」への道だったという言葉と、そう言った時の暗い顔、ため息の調子が、また三人の心にまざまざとよみがえってきました。まず硫黄の臭いがしました。あの湯気を出している穴から、その臭いがどんどん漂ってきて、もうむせかえるくらいです。穴には黄色いシミのようなものも見えました。きっとその山の神様の大伯父にあたる奥山の火の山が噴火した、そのあおりでこうなったに違いありません。実際にその時の噴火で飛んできたような大岩も、あたりにいくつも見えました。その岩のまわりは赤茶けた空き地になっています。木をなぎ倒して焼いてしまったのだと分かりました。

　三人はため息をつきながら、源流の泉のほとりで夜を過ごしました。その水蒸気のせいでしょうか、星空も見えずどんよりと曇っています。三人はとうとう眠りにつくことができませんでした。

「やっぱりここだった……でもみんな死んじゃった……」
Yoshi

５３

　翌朝はもう秋晴れは終わっていました。曇り空でしたが、まだ嵐の気配はありません。尾根に吹き上げる早朝の風は穏やかに吹いておりますので、それに乗って、いよいよ尾根を越えることにしました。まず普通の森があり、その木々の背丈がだんだん低くなって、ガレ場、そして笹原と続くのは今までと同じです。その先はまたガレ場になり、それからハイマツが始まりました。そのハイマツを見た時、ホシがため息まじりに言いました。

「あのマツの実、食べられないな、見てごらん、枯れ始めてる。」

　たしかにマツは、まだびっしりと生えているのですが、赤茶けてしまって、実も一つもついていないようでした。

「硫黄のせいだね……蒸気があたるんだ……クラ、だいじょうぶ？」

　たしかに硫黄の臭いがどんどん強くなってきて、少し頭が痛くなりはじめまし

　た。クラはでも「楽園」の運命を見届けたいので、だいじょうぶ、心配はいらないと答えました。

　尾根を越えた瞬間、その運命は、もう否定できない形で三人の前に広がっていました。

　かつて湿原があったその高原は、三方を尾根と森に囲まれた四角い台地でした。一番奥には尾根はなく、そのままずうっと奥山の火山につながる原生林です。まずその原生林がひどく焼けただれていることが目に入り始めました。続いてすうっとその台地の底が見渡せたのです。

　それはあまりに強い青緑色の、大きな池に変わっていました。

　そしてそこには、生き物の姿は全くなかったのです。魚一匹、虫一匹いません。そればかりか、わずかに残った池のまわりの空き地にも、もう赤茶けた土がむきだしになっていて、草地はまったくありませんでした。まったくの死の世界だったのです。

　三人は宙に浮いたまま、ぼう然としました。

　やがてマルがつぶやきました。「これ……まちがいだよ。なんかのまちがいだ……楽園じゃなくて、地獄だよ。楽園は他の場所だよ……」

　「ちがう……やっぱりここだった……でもみんな死んじゃった……」

　クラはこうつぶやきながら、震える手で池の底を指しました。

　そこにはたしかに、湿原にかかっていた、あの木道のあとが残っていたのです。

お花たちは、悪い夢でも見ているように小さく震えながら、一つ一つ目の前で枯れていくのです。

５４

　三人は行くあてもなく、ただぐるぐると、このかつての「楽園」のまわりを飛び回りました。まず大噴火があり、焼けるような岩や溶岩が、山頂から湿原めがけて一気に下ってきたようです。それはあの原生林の焼け跡から明らかでした。それだけでなく、この高原のあちこちにも小さな火口が開き、そこから溶岩が流れ出した跡がありました。そしてそこからは、今も白い蒸気が吹き上げているのです。そういう溶岩や硫黄の毒が湿原に流れこんで、全体を毒の池にしてしまったことは明らかでした。あの青緑のきれいな色は、毒キノコの色がきれいなように、死の色だったのです。

　空はどんよりと曇り、厚い雲があちこちに見えました。風はまったくなく、それがかえって不気味でした。空もこの無惨な荒れ地を見て、心を痛めているようです。クラはもう目が見えなくなるくらい泣き続けていました。お婆さんたちの

　ご先祖様がこの湿原にたどり着いたのは、もうほんとうに大昔、そのホシガラスの神様が地上にくだるのと同じくらい大昔だったのです。それ以来、どれだけの生き物がここで穏やかに自分の人生の夢を追い、その一部なりとも実現して、ああよかったと言ってここから去っていったことでしょう。それが永遠に続くように思えたから、ここはいつしか「楽園」と呼ばれるようになったのです。それがもう今は、これからまた次の神様が天から降りてくる、そのはるか未来まで、こうして死の世界が続くのです。
　ホシもマルも、クラの気持ちを察してくれているのでしょう。黙ってクラの行く方向についてきました。でも、ふとホシが言いました。
　「ほら、あそこ……まだお花残ってるよ、黄色と紫と……」
　マルもそこを見ていました。そこは森がすぐ迫ってくるあたりで、日当たりはとても悪いのですが、それでもお花畑らしいものが残っているのです。クラも気がついて、まっすぐそちらに向かいました。

　それはたしかに最後のお花畑でした。しかもチングルマとリンドウのお花畑です。ここは高原で、遅くまでお花は咲いているようです。でももうほとんど息はしていません。お花たちは、悪い夢でも見ているように小さく震えながら、一つ一つ目の前で枯れていくのです。クラはその一つ一つのお花をやさしくなでながら、ずっと泣き続けました。こんなに悲しい体験をしたのは、ほんとうに生まれて初めてでした。

　三人は、そのままそこで夜を迎えました。

青白く光る玉が水面に現れると、その中には白い服を着た神々しい人が立って、三人をやさしく見ていたのです。

５５

　最後のお花が亡くなったのは、もう真夜中近くでした。マルとホシはくたびれて眠りましたが、クラは眠れませんでした。あまり悲しいので、ふとこのままこの毒の池に入って死んでしまおうかと思いました。こんなすばらしい、そして長く続いた楽園もけっきょく地獄になるのなら、また次の小さな楽園をつくる意味がどこにあるのか、分からなくなってしまったからです。

　ふらふらと気味悪く青く光る池の水辺に行こうとしますと、腕を後ろから引かれました。いつの間にかマルとホシがそこに立っています。二人とも目に涙をいっぱい浮かべています。

　「クラ……気持ちは良く分かるけど……いけないよ、そんなことしたら、ボクたちも後を追わなきゃいけなくなる。」

　マルがささやくようにこう言いますので、クラは思わず声を立てて泣きました。ホシもクエッ、クエッと子供のカエルのような声で泣きました。その時です、マルが二人の手を引いてまたささやききました。
「しっ、何か来るよ……ほら、あそこ、光ってる。」
　クラもホシも泣きやんで、その光るものを見ました。青緑色の水面が、下から白い光にぼうっと照らされています。その光は水中から来て、水面に近づいてくるようでした。三人とももうびっくりして立ちすくんでしまいました。池が地獄になったのなら、そこはもう地獄の化け物のすみかになっていて、今自分たちを食べにくるような気がしたからです。でもそれは化け物ではありませんでした。
　青白く光る玉が水面に現れると、その中には白い服を着た神々しい人が立って、三人をやさしく見ていたのです。

「湿原の……神様……楽園の神様……」

　クラはぼう然とつぶやきました。そしてあとずさりをし、地面にくずおれるように倒れると、そのまま平伏しました。マルもホシもそれにならいました。その方は、お母さんから何度も話で聞いていた、湿原の神様だったのです。

青緑の池がきらきらと光りはじめ、そこから驚くよう
な色の洪水が、森と空に向かってほとばしったのです。

56

　おじいさんの神様は、心にしみいるような静かな声で、こう言いました。

　「この世界はね、ぜんぶ一つながりなのだよ。お空の天気と同じだ。晴れの日もあれば、曇りの日もある。嵐だって来る。その全部を、このわたしたちの生きて死ぬ、たった一つの大切な自然の姿として受け入れなければならない、絶望も、希望も、ほんとうは空しいものなのだ。そのありのままの姿から見ればね。」

　神様は三人に面を上げるようにと、とてもやさしい口調で言いました。三人が言われたとおりにしますと、神様は独特の含み笑いを口元に浮かべながら、こう言いました。

　「わたしはね、いちおう神だということになっているが、あまりそのことに自信はないのだ。神になって久しいからかもしれない、あるいは逆に、つい最近、精霊から神に引き上げられたからかもしれない。」

　神様は、じっと三人を見ながら続けます。

「わたしはね、おそらくもうすぐ死ぬのだよ。それもあって、あんまり神様らしい気が自分でもしないのだろう。」

　クラの目は、また涙でいっぱいになりました。このお方はやさしい湿原の神様で、ずっと長い間、数え切れないほどのいのちを見まもり、やさしく支え続けて下さったかけがえのないお方なのに、今もう命を終えようとしているのだと分かったからです。

「それでね、頼りないことなのだが、キミたちがだれなのか、それすら見通せないのだよ。どうしてここに来て、今そこにいて、そしてさっきはこの毒の水に入ろうとしたのか、話してくれないかな。」

　三人は顔を見合わせました。ホシとマルが勧めますので、クラが代表してここに来たわけをお話しました。ここがお母さんの故郷で、そして有名な「楽園」として知られていたこと、お母さんが話してくれた道のとくちょうをおぼえていたので、友だちのマルとホシをさそってここで暮らすために来たことなどです。話しているうちに、たくさんのことを思い出して、また悲しくなり、とうとうまた涙が出てきてしまいます。おじいさんはやさしくそれを見ながら、黙って聞いていました。クラの話が終わりますと、神様はしばらく考え、思いがけないことを聞きました。

「この沼の色は、とてもきれいだとは思わないかね？」

「わたしも……さいしょはそう思いました。」

クラがおずおずとこう答えますと、またおじいさんは含み笑いを口元に浮かべてこう聞きました。

「しかし、今はそう思わないのだね。」

「はい、今はそう思いません……」

「どうしてかね？」

「どうしてって……毒だからです。」

「そう、たしかに毒だ。だから生き物はすべて死んでしまった。」

おじいさんは、はじめてほんとうに悲しそうな顔をして、深々とためいきをつきました。

「今、そこで最後のいのちが失われた……しかしね、世界に存在するものには、すべて二つの面がある。二つの道がある。昇りと、下りと。しかしそれはもともとは一つの道なのだ。このことを君たちも知らねばならない。」

「二つの面……二つの道は一つ……ではこの毒の沼にも、なにかいいことがあるのですか？」

マルが思わず後ろからこう聞きました。おじいさんはうれしそうにうなずきました。

「そう、毒にはね、まずこれがあるんだよ。」

おじいさんは、さっと杖をふりました。すると……青緑の池がきらきらと光りはじめ、そこから驚くような色の洪水が、森と空に向かってほとばしったのです。黄色、青、赤、橙、緑、桃色、そしてもっと微妙な黄緑や薄紫、ほんとうにきれいな色の洪水でした。三人の体でさえ、その洪水の反射を受けて、きらきらと玉虫色に光り始めたほどです。

おじいさんはうなずいて、こう言いました。

　「ほらね、ここには自然の色がすべてあるのだ。火山の溶岩が、地球の奥から色の素を持ってくるんだ。そしてそれが溶け出したこの池は、今は絵の具の池なんだよ。良く見てごらん。ホシの茶色も、クラの黄色いしべも、マルの黄色と深緑も、全部あるだろう？」

　本当にそうでした。池からの色の洪水は、三人の体の色と重なり合っていたのです。マルもホシもクラも、自分たちの体がこんなにきれいに照り映えているのを見たのは初めてでした。そして本当に驚いたのです。

「噴火が始まった時、わたしは森と渓流をお救い下さいと大神様に祈った。そしてその祈りの通りになったのだ。」

５７

　神様がまた杖をさっとふると、色の洪水は消え、さびしげにぼうっと光る池だけが残りました。神様はじっと三人を見てこう言いました。
　「毒はね、大切な食べ物のもとでもあるんだ。ただそれが濃すぎる。だから今は毒の池になっている。それはね、わたしがこうして下さいと火の山の大神様に頼んだからなのだよ。」
　神様が……楽園の神様が、この毒池を作ってほしいと火の山の神様に頼んだ……だからお婆さんの仲間は全滅した……クラはぼうぜんとしました。すぐその考えは、神様に伝わったようです。やさしくクラを見ながらこう言いました。
　「そうなのだよ、その結果、すべての命はここから失われた。そして今、わたしも死のうとしている。しかしね、もうその時期だったのだ。噴火のたびにこうしたことはあちこちで起こってきたんだよ。もっとずっと広い……見渡すこともできないくらい広い範囲でね。だからもうそのまき散らされる毒を、全部引き受けるような者が出てこなければいけなかった。どうしてか分かるかね。」

　こう神様が聞かれた時、クラの心にさっとあの通ってきた渓流のすばらしさ、森のすばらしさがよみがえりました。そして体が震えるほど悲しくなりました……

　「分かると……思います。あの広い森が、ほろびてしまうからです……渓流が毒の川になるからです。」

　「そうだよ。だからわたしは火の山の大神様にこころをこめてお祈りしたのだ。毒は長い長い時間をかけて、ここでこしとれば、あの君たちがさっき見た色の素として、もうだれでも安心して使えるようになる。それはわたしが最後の仕事としてします、この自分のからだを使ってやりとげます、だから大神様はその毒を尾根の外に出さないで下さいと頼んだ。大神様はわたしの願いを聞かれ、あの硫黄の水蒸気を出されて、それより外にここの水が出るのを防がれたのだよ。噴火が始まった時、わたしは森と渓流をお救い下さいと大神様に祈った。そしてその祈りの通りになったのだ。」

神様が杖をもう一度さっと一ふりすると……次の奇跡が起きました。

５８

おじいさんの神様はやさしくうなずいて、こんどはホシに聞きました。

「ホシの大好物はマツの実だね。でも食べ過ぎることもあるだろう。するとどうなるかね？」

「お腹が……いたくなります。尾根で一日寝ることになります。」

神様はほほえんでうなずくと、今度はマルの方を向いて聞きました。

「マルの大好物はお花のしべの粉だね。しかし食べ過ぎることもあるだろう。するとどうなるかね？」

「胸焼けして気持ち悪くなります……その日は一日、もうお花を見るのも嫌になります。でも翌朝お腹が減っておきると、すぐまた大好きなお花のところに行きます。」

マルがこう答えますと、神様はうれしそうにうなずきました。

「そのことが何を意味するか、クラには分かるね？」

「はい……体にいいもの、おいしいものも、たくさんとりすぎると、逆に気持ちが悪くなったり、病気になったりすることすらあります……」

「ほら、ここでも物事には表と裏があるだろう？ おいしいものも、とりかたを間違えると毒になるんだよ。じゃあ毒はどうなるかな？」

「正しくあつかうと……おいしいものに変わる……」

クラはこうつぶやいて、くすりと笑いました。自分で言ったことが自分でおかしくなったからです。神様も笑いました。

「おいしいかどうかは分からないよ。でもそれはもう毒じゃないんだ。そしてとても大切なものになる。いのちあるもの、すべてにとって欠かせないものにね。いいかね、もう一つすばらしい光景を見せてあげよう。ここの池に眠っているこの毒が、長い時間をかけてもう毒気を失い、大地に広がると、どのくらいの生き物を養えるようになるかをね。まあ見ていてごらん。」

神様が杖をもう一度さっと一ふりすると……次の奇跡が起きました。

まずなんだか、がやがやと楽しそうなさざめきが、青緑の水面の下から聞こえます。水面には一面に白く光る泡のようなものが立っています。そしてそれがさっと大空に飛び立ちました。もう大空はいつのまにか快晴になっています。それはものすごい数の小鳥の大群でした。大きな大きなかたまりになり、波打ちながら大空に飛び立っていきます。青、赤、緑、黄色、茶色、紫、橙、桃色、ありとあらゆる色の小鳥たちでした。小鳥たちが終わると、今度は虫の大群です。これもすばらしい色の虫たち、チョウたちでした。そしてそれが終わると、こんどはお魚の群れです。青空がいつのまにか深い深い群青の海になっていて、そこに次々と飛びこんでいくのです。小さな魚、普通の魚、大きな魚、南の海でしか見ない色とりどりの魚、あらゆる魚たちです。そして動物が続きました。人間もいます。裸で美しく光る人たちでした。イノシシやライオンやシカの上に、友だちのようにまたがっています。つぎつぎと現れて、空の草原に消えていきました。

　神様がさっとまた杖を一ふりすると、すべては消え、さびしげな暗い森と青緑に光る池だけがありました。三人の心は、まだ今見た奇跡に沸き立っていましたが、同時にまた眼の前の、この毒池と死に絶えつつある森の静けさに、心がきりきりと痛んだのです。

「君たちは正しい道にいる。その道をまっと
うしなさい……わたしの祝福（しゅくふく）を受けながら。」

59

　おじいさんの神様は、またじっと三人を見ました。そしてこう続けました。
　「そうだよ、わたしの心も痛む、どうしてこの湿原の『楽園』が、この長い長い眠りに入らなければならないのか、わたしにも分からないからだ。しかしそれは火の山の大神様とて同じなのだ。自然の中には、そこだけ楽園で、そこだけ地獄ということはない。全部がどこかでつながっている。だからこういうことも起こりうる。しかし起こってしまったならば、それはもう一つの現実の世界だ。だからそれがみんなのためになるように、だれかが立ち上がってもう一度、現実の地上に楽園が現れるように祈らねばならない。祈るだけでなく、その心と体にその祈りの責任を負わねばならない。そうして生き物は精霊になり、精霊は神になり、神は四大に帰る。それは神の死なのだが、やはり必要なことなのだよ。そうやって、四大の、つまり自然のつりあいが保たれていくからだ。それ以上のことはわたしには分からない。」
　ここまで言っておじいさんの神様は笑い、ぱんとご自分の額を手で打ちました。
　「いや、わたしには分かっている。まもなく嵐が来ることがね。だからもう君たちは元の森に帰りなさい。でもね、嵐から逃げながらでも、嵐にもいいことがあると心に思い浮かべてほしい。嵐はこの池を力強いその手で混ぜ返してくれるんだよ。そうすると毒気はそれだけ弱くなり、役に立つものがより一層こされてたまってくる。全部の毒気がぬけるには、君たちのような生き物があと一万回生まれて死ぬ時間がかかるかもしれない。しかしね、けっきょくは、すべてがいのちある生き物みんなの役に立つことになるのだよ。」

　おじいさんはやさしい目で三人を見ました。またあの独特の含み笑い、もう長く長く世界を見てきた神様のほほえみが口元に浮かびました。

「わたしもこれでも神様だからね、一つ予言をしてあげよう。君たちは一度離ればなれになる。そしてとても悲しいことも起きる。しかしね、それも最後にはすべてがおさまるべきところにおさまる。君たちは再会し、新しいさきがけの世界が始まる。そのことはもう今からたしかなのだよ。君たちのそのじゅんすいな、真剣なまなざしを見るだけで、わたしはもう確信しているのだ。だから、嵐のさなかにも、穏やかな森の日差しを忘れないようにしなさい。別離の苦しみのさなかにも、再会の喜び、その希望を忘れないようにしなさい。最後にはきっとまたすべてが、森の穏やかな日差しに包まれる。わたしが君たちに言えることはそれだけなのだ。でも昔から言うよ、死ぬ神様ほど正しく世界を見る者はいない、とね。」
　おじいさんの神様は、ゆっくりと池に沈み始めました。ささやくような声が聞こえてきます。それはまるで三人の心の中で響く声のようでした。
　「死ぬ神様ほど、正しく世界を見る者はいない、わたしには今それが分かった。君たちは正しい道にいる。その道をまっとうしなさい……わたしの祝福を受けながら……わたしの最後の祝福を受けながら……」
　声は消え、白い光の玉は消えました。三人はさびしげな青緑の水面にまた向き合っていたのです。

最後まで「ぼくはだいじょうぶだから」と言っているようでした。

第十一章　大嵐

６０

　やがてその水面にさざ波が立ち始めました。今度は神様の起こす波紋ではなく、自然の風と波です。三人がふとわれに返って空を見上げると、もう夜は明け、あたりは白み始めていますが、昨日よりもさらに分厚い雲がそこにあり、そしてそれが動いているのが分かりました。やはり嵐はもうすぐそばまで来ているようです。

　「尾根を越えて森に戻ろう、この風に乗っていけばだいじょうぶだ。」

　マルがこう言うと、ホシもクラも黙ってうなずきました。ホシがしんがりになって両方の羽をせいいっぱい広げながら強すぎる風を防いであげ、マルがクラの手を引いて風に乗りました。三人とも、心の中も嵐のように揺れ動いていました。今見たもの、聞いたものの印象が強すぎて、もうまわりの世界が遠くに見えるほどなのです。心は「ちぢに乱れ」ました。これほど大きな悲しみはないと感じると同時に、これほどすばらしいもの、いのちにあふれる世界を見たことはないという大きな感動があるのです。こんなにすばらしい神様には出会ったことがない、自分はなんて幸せなんだろうと感じると、またすぐ、そのすばらしいお方は今まさに亡くなられた、もうあの池にはこれからずっと神様はいないのだと思い、世界そのものの終わりのような感じすらします。そういう風に、心は明るく、暗く照らされ、この上ない幸せと、この上ない不幸を同時に感じ続けたのです。

　三人の心の底には、ずっと神様の最期の予言が響いていました。これもまた喜びと悲しみを同時に含んだ予言です。神様は、三人は離ればなれになる、そして悲しいことが起こると言われ、そのすぐあと、しかし最後にはまた再会し、すべてが穏やかな森の日差しに包まれるともおっしゃったのです。そのことへの恐れと、期待がまた、三人のこころを深く揺り動かしました。

　そして……その悲しみはやってきました。

　風がまずどんどん強くなったのです。風に混じって、枝や葉、そして砂やつぶてのようなものまで飛んで来ました。ホシは必死に羽を広げて、二人をまもってくれました。

　ちょうど尾根を越えようとするところで、本当に強い風と雨が始まりました。雨は横なぐりに降ってきますので、今度はマルがびしょぬれになってどんどん落ち始めます。今はもうクラの方がマルのからだを支えている有様でした。

　尾根を越えてほっとした時、バシッと鈍い音がすぐ後ろでしました。「あっ」とホシが叫ぶのと、その体がまるでこっぱのように二人の真横をかすめ、森に落ちていくのと同時でした。大きなつぶてが背中に当たってしまったようです。羽がななめにかしいでいるのが見えました。こちら向きになったクチバシがかすかに動いています。最後まで「ぼくはだいじょうぶだから」と言っているようでした。ホシはそのまま大揺れに揺れる木立の中に落ちていって見えなくなりました。ク

224

ラは胸がいっぱいになりました。

　しかしすぐ次の別れがやってきました。マルが知らないあいだに、自分で手を離したのです。

「君はだいじょうぶだよ……風に逆らわないようにすればいいんだ……きっと新しい楽園に行ける……ぼくもそこで待ってる……」

　マルはこう言いながら、もうびしょぬれになって、羽もうごかせず、くるくると森に落ちていきました。

　とうとうクラは一人になってしまったのです。

ホシもマルもいて、自分が咲かせたお花の匂いを胸いっぱい
すって笑ってくれている……あそこに、あそこに行こう……

６１

　もうどこをどう飛んでいるのかも分かりません。雨と風とちぎれるように飛ぶ雲と、そして大洪水の中のようにかすむ森がありました。クラは落ちていったホシ、自分をまもろうとして手を離したマルのことを思い続け、泣き続けました。でもどこかで、またきっと会える、またきっと三人で、星空をながめる日がくる、神様がそうおっしゃった、すべてはまた森の穏やかな日差しに包まれるとおっしゃった、だから生きよう、生き続けて、あたらしい楽園の母になろうという声も聞こえるのです。その声はまた、嵐の今こそ、森の穏やかな日差しを思わねばならない、そうやってみんなさきがけになったのだと言うのです。その声はもう自分の声ではないようでした。あきらめてはいけない、みんなのためだ、どこかに行けば、そこでかならず芽吹く、それがさきがけのつとめだ、わたしのつとめだと言い続けるのです。すると不思議なことに、雨も風も自分だけはよけてくれるように感じました。

　そうかと思うと、また暗い思いに打たれました。あの立派なやさしい神様も亡くなられた。火の山の大神様も、あの楽園を滅ぼすつもりはなかったのだ……でも滅びてしまった。いったいだれが悪いのか……人間が悪いのか……でも人間も植林をしてくれる……サザンたちがしばらくの間でも安心して暮らせるのは、あの森があるからだ……しかしその人間は、自分たちのつまらない遊びのために森を切り開き、草木を枯らす薬をまく……そのためにあの女王様も長わずらいになり、ふるさとにいられなくなったのだ……その人間にもしかし母があり、子があり、みんないっしょうけんめい生きている……滅びるのはかわいそうだ……火の山の大神様もいましめようとされただけなのだ……でも全部はつながっている……あがる道があればくだる道がある……わたしが生き残って、ホシもマルも死んでしまった……わたしがあの時毒の沼で死ねば、ホシもマルもまだ生きていた……

　するとさっと心に、その自分が作るはずの「楽園」の光景が思い浮かびました。どこか分からない、でも遠くではないところ……ホシもマルもいて、自分が咲かせたお花の匂いを胸いっぱいすって笑ってくれている……あそこに、あそこに行こう……

そこに近づいていきますと、岩棚にもうホシもマルもすわっていて、が
んばれ、がんばってこっちにおいでと言ってくれてるように感じました。

６２

　もうどのくらい飛んだでしょう。はたして自分はまだ生きているのか、それとももう死んで、悪い夢の名残を見ているのか、それすらも分からず、大雨と大風の間をぬって飛んでいくと、突然下から突き上げるように吹く風を感じました。横なぐりだった雨も、今は下から吹き上げています。ああ、これはきっとあの尾根越えの風だ、あの高い山の岩壁に戻ってきたのだと感じました。少し目をこらして見ますと、ほんとうに岩壁がすぐそばにそびえているのが見えます。あちらに回りこめば……もう少しだけ回りこめば、あの岩壁がついたてになってくれるかもしれないと思いました。

　こう思ったとたん、夢は覚め、現実が戻ってきました。そうだ、もう少しだ、あの岩壁は日当たりがいい。どこかの岩棚に辿り着けば、そしてそこに少しでも土があれば、冬を越せるかもしれない、冬が越せれば、春にはお日様の日差しを頼りに、芽吹けるかもしれないと感じたのです。

　クラは必死に体のバランスをとりました。マルがそうしていたのを真似て、両手を羽のように広げたり、片手を背中に回したりして、進路を変えようとしました。何度もくり返すうちに、たしかに岩壁に近づき、あるところからふっと風と雨が弱まったのを感じたのです。

　風も雨もまだ下から突き上げるように襲ってくるのですが、もう大洪水の天地がひっくりかえるような暴風ではありません。なんとか苦労しながら、岩壁に少しずつ近づき、着陸できそうな場所を探しました。するとすぐ上に、広めの岩棚が見つかりました。岩にたくさん裂け目が見えます。その裂け目に茶色いものが詰まっているのが分かりました。土に違いありません。必死に綿毛の水滴をふるい落とし、手を広げたりすぼめたりしながら、そこに近づいていきますと、岩棚にもうホシもマルもすわっていて、がんばれ、がんばってこっちにおいでと言ってくれてるように感じました。

　そしてとうとう、その裂け目の一つに辿りつくことができたのです。風と雨を
よけながら、中にもぐりこむと、土とマツの実の匂いがしました。ああ、ホシが
大好きだったマツの実だと思うと、もう気が遠くなっていたのです。

「春までお眠りよ。ボクが番をしてあげるから、何も心配いらないよ。」

第十二章　再会

６３

　次にクラが目をさましたのは、それからずいぶんたってからでした。岩間から見ると、外は吹雪でした。ああ、冬が来たのだと思いました。高山の岩壁の冬です。でもちっとも寒くないのです。分かった、自分は死んでチングルマの天国に行ったのだ、だから寒くないのだと思ったとたん、ぐっとなじみの顔が岩間にのぞいてどきっとしました。

「ああ、目がさめたんだね。寒い？」

　ホシです！　びっくりするのとうれしいのと同時でした。

「ううん、あったかい……とってもあったかい、どうしてなの？」

　ホシは自分の胸から何か引きぬいて、ぐいっとクラの寝ている岩間に押しこみました。

「これがあれば、それはあったかいさ。」

　クラは驚きました。岩間にびっしり羽毛があるのです。見るとホシの胸は、もうすっかりはげあがっています。自分のために、羽毛をむしってくれたのだと分かって胸がいっぱいになりました。

「春までお眠りよ。ボクが番をしてあげるから、何も心配いらないよ。」

「でも、ホシは……」

こうクラが言うと、ホシは足元から何か拾い上げ、ぱりっと音をさせて割って見せました。マツの種です。

「ぼくにはこれがあるからだいじょうぶ。ここはマツの実の貯蔵庫だったんだ。ずっと前ここに貯めておいて、忘れてた。やっぱりクラとえんがあったんだね。」

「そう……マルは？ マルはどうしてる？」

「マルは……死んだ。でも泣いちゃいけないよ。あの嵐でじゃないんだ。マルのじゅみょうはぼくたちよりずっと短い。だけど君をぼくが見つけたことは話せたよ。すごく喜んでくれた……」

「そう……よかった……でも悲しい……」

クラは思わず顔をおおって泣きました。ホシもしばらく、クエックエッと子供のカエルのようにおえつしていました。

「ともかく、たっぷり眠ってごらん。春のお日様の夢、そしてあの神様がおっしゃった森の穏やかな日差しの夢を見ながらさ。そしたら君もりっぱなさきがけとして目覚めるよ。ここはね、意外と日当たりが良くていい場所なんだ。」

ホシがこう言ってくれると、急にすごく眠たくなってきました。

「じゃあ……わたし眠るから……ホシも休んでね……ほんとうにありがとう。」

「うん、休んでるよ。ここで休んで、キミの番をしてる。いっしょに春の夢を見よう。マルもいっしょに。」

「いっしょに……春の夢を見ましょう……マルもいっしょに……」

こう言ってクラはまた眠りにつきました。それでも寝入り際に、自分がもう岩間の少ない土にしっかり根を張っていることを知ってほほえんだのです。それは背中の綿毛がぬけ落ちて、すぐそばに横たわっていることでも分かりました。これで自分もお母さん、お母さんになれると呪文のようにつぶやきながら、深い眠りに落ちていきました……

それから毎晩、ホシは両方の羽を精いっぱい横
に張って、クラの眠る岩間を体でふさぎました。

６４

　それから毎晩、ホシは両方の羽を精いっぱい横に張って、クラの眠る岩間を体でふさぎました。羽毛はしきつめたのですが、そこはもう山頂に近い岩棚で、根がすっかり張っていればともかく、まだ根付いたばかりの若草には、冬の夜の冷えこみは厳しかったからです。特に晴れた風のない日の夜、月がこうこうと照るような時には、もう吐く息がそのまま凍りつくような寒さです。

　こういう夜は、ホシガラスは里まで下りて休んだりするのですが、ホシは岩棚に留まり続けました。ホシはマルが死ぬとき、その臨終の枕元で、クラは自分がどんなことをしてもまもる、きっと新しい楽園の母になってもらう、だから心配しないでいいと約束したのです。マルは、「それはとてもせいしんてきな約束だ、でもげんじつのホシの約束だから安心だ。」とにっこり笑いました。そして女王様に別れをつげ、弟たちに春になったらしっかりクラにあいさつするように言い残して、最後の息をはいたのでした。

　ホシはそういうげんかんの夜、いつも天の川のそばにいる、ご先祖様の青い透明なホシガラスの神様を見上げていました。すると羽が凍えるほどの冷えこみでも、心はぽかぽか温まるように感じたのです。
「神様、天の川は冷たいですか、暖かいですか？」
　こう聞くと、神様は笑いました。
「暖かくも冷たくもない、ちょうどいいくらいだ。みずあびもできるよ。」
「そちらのマツの実はどうですか。あぶらは乗ってますか。」
　ホシは歯を食いしばりながら、でも口元にほほえみを浮かべて聞きました。
「もちろんあぶらは乗っている。お前がクラの母さんにあげた結納のマツの実と同じくらいだよ。」
「では、さぞかしおいしいでしょうね。」
「もちろんだよ。」
　神様はこう言って、ぱりっと足元の大きな実を割って見せました。

「お前も、そこでのおつとめが済んだら、ここに昇ってきなさい。新しい実をたくさん用意して待ってるよ。」

「はい、もうしばらくでおそばに参ります。」

こう言って、震えながら、でもほほえみながら、また朝を待つのでした。

そして冬の最後の冷えこみの夜、ホシは最後の息をはきました。山の神様がその姿を憐れんで、岩の中に隠して下さいました。そしてホシの「せいしん」は、天の川のご先祖様の元に帰ったのです。

クラは何も知らず、春の夢を見ながら眠り続けました。

「小さな楽園を見つけてよかったねって、女王様からのごあいさつだよ。」

第十三章　星空へ

６５

　プーンという軽い羽音がどこからかしました。
　「あら、マル、遅かったじゃない、もう夏も終わりよ。」
　クラはまだ夢の続きの中にいました。自分がもう「お母さん」になって、お花をいっぱいたくさんの株につけているのに、マルが来ないのでちょっとやきもきしていたのです。
　眠い目をこすってあたりを見ると、春の日が岩棚にあふれているのが分かりました。
　「ホシ……ありがとう、ほらすっかりもう根も張ってる。」
　クラは今度はホシにお礼を言いました。ほんとうに自分がすっかり根を張っているばかりか、もう株も分かれ始めていて、夏にはりっぱなお母さんになれることが分かってうれしかったからです。
　でも、そのホシの姿はもうどこにもありません。そのかわり、かわいいハチが岩間に浮いてあいさつしてくれました。

「ボク、ミル、マルの弟。あの日は楽しかったね。目がさめた？ 小さな楽園を見つけてよかったねって、女王様からのごあいさつだよ。夏にはたくさん弟たち連れて来るからね。」

　ああ、そうだ、マルはもう亡くなったのだと分かって、悲しくなりました。でもミルはマルそっくりで、とてもうれしかったのです。ミルは女王様がもてなして下さったあの日、どんぐりのお皿をきちんと並べてくれていたマルのすぐ下の弟で、とてもやさしいしっかりした子だったのでよく憶えていました。ああ、これもものごとの表と裏だという声がどこかでしました。昇る道と下る道、死んでいく者と産まれてくる者、自然はいつもこうして先に進んでいく……

　「ミル、ホシがいないんだけど、どうしたのかな？ ホシ知ってるでしょ？」

　クラがこう聞くと、ミルはちょっと下を向きました。

　「うん、知ってる、兄さんのマルの友だちでしょ。兄さん亡くなる時、クラをまもるって約束したよ。」

　クラはまたその場面を心に思い描いて、胸がいっぱいになりました。ホシとマルのおかげで自分はこうして立派に根付くことができた、けっしてそのことは忘れまいとあらためて思ったのです。ミルにもう一度、ホシのことを聞いたのですが、ミルは「きっと山の神様のところだよ。」と言って笑うだけで、答えてくれません。ちょっとおかしいなと感じましたが、また大好きなマツの実を食べているのかも知れないと思い直しました。

いつも夜になって天の川が見えると、あの青い透明なホシガラスの神様に向かって、ホシの無事を祈るのです。
Yoshi

６６

　それからはミルがいつも気をつけて、クラのまわりを飛んでくれます。森の噂や知り合いの消息を伝えてくれますので、クラもミルに言づてを頼みました。お母さんはお花を咲かせることをやめて、老後の生活に入ったようですが、クラが根付いたことをとても喜んでくれました。ミソサザイのサザンとも連絡がとれました。もう立派な若鳥になって、いよいよ新しい森、理想の「自然林」を探そうとしているようです。子グマのツクも立派な若グマでした。あのシシャモの食べ方を工夫したら、とてもおいしくて、そしてたくさん取れるので、今では親子とも丸々太っているそうです。森の先生のホーおじいさんもそくさいで、クラの無事をとても喜んでくれました。

　クラはどんどん大きくなっていきました。株分かれしながら、岩の裂け目づたいに、岩棚のはしの方にまで広がっていったのです。そして夏が始まるとどんどんお花が咲いていきます。もううれしくて仕方ありません。
　それでも気になるのはホシのことでした。いつも夜になって天の川が見えると、あの青い透明なホシガラスの神様に向かって、ホシの無事を祈るのです。すると神様はぼうっと青白く光って、「ホシはそくさい、マツの実をたくさんたべて丸々

太ってるよ。」と答えて下さるのですが、そのホシのかんじんの姿が見えないので
また気になって、次の晩も同じ事をお祈りしてしまうのでした。

クラはお母さんが自分たちにしてくれたように、「産みなさい、
増えなさい、草原に満ちなさい。」と祝福して送り出しました。

６７

　いよいよ夏になりました。ミルとミルの弟たちは大忙（おおいそが）しです。毎日クラのお花にとまって「産夫（さんぷ）」の役を立派（りっぱ）に勤（つと）めてくれました。クラも精（せい）いっぱい、たくさんの花粉や蜜（みつ）を用意してもてなしてあげました。夏の終わりにはたくさんの種ができはじめ、それが秋の風に乗って飛んでいきます。クラはお母さんが自分たちにしてくれたように、「産みなさい、増えなさい、草原に満ちなさい。」と祝福（しゅくふく）して送り出しました。

　そうしながらも、クラはずっとあの青緑の池を見ていました。岩棚からは、尾根とその向こうの池までがはるか彼方に見えるのです。ここから見ると、毒の池だということはまったくわからないほど、穏やかに静まり返っています。そしてとてもきれいでした。きっともう新しい神様が産まれようとしているのかもしれない、あの池からすばらしいいのちの大群が産まれようとしているのかもしれないとクラは思いました。そしてまた、下りと昇りの道は同じだと感じました。きっとあの大嵐の日、ホシもマルも吹き飛ばされたあの日が、下りの道の一番深いところだったのです。だからあとはもう昇っていくしかない、それが自然のせつりなのだと感じました。そしてその昇り道に自分もいて、こうして小さな楽園の母となろうとしているのだと実感したのです。

　それはたしかに小さな楽園でした。ミルが色々なお花の種、この場所に来たいと思っている花の種をつのってくれて、知り合いの小鳥さんたちに頼んで運んでもらい、もうそれがしっかり根を張り始めているのです。小さな芽はみんな感謝のまなざしでクラを見つめてくれています。クラは自分の子供たちだけでなく、楽園全体の母になり始めていました。

そして明け方の穏やかなそよ風が吹き始めるころ、ホシとマルはゆっくりと空に昇っていったのです。

６８

　クラの最後の種が無事に旅立ち、今年の自分の勤めも終わったとほっと一息ついた日のことです。その夜はとても美しい満月だったので、それを見ているうちに、少しうとうとしました。するとすぐそばで声がしました。

「やっぱりボクたち、また会えたね、あのやさしい『楽園』の神様が予言した通りだ。」

　目を開けると、ホシが笑っていました。その横でマルも笑っています。二人とも体は青く透き通っていました。クラはああ、ホシも死んだのだと分かって悲しくなりました。でもすぐ、きっとこれでよかったのだと思い直しました。

「そうね、予言通りね。わたしもお母さんになれた。マルとホシのおかげ、ほんとうにありがとう。」

　こう言いますと、二人とも笑いました。

「ボクたちは、キミがいてくれて、立派な新しい『楽園』の女王様になってくれたおかげで、星になれるんだ。おあいこだよ。」

マルが言うと、ホシもうなずきます。

これはクラもそうかもしれないとずっと思っていたことでした。二人とも「新しい楽園」を作ろうとして全力を尽くしてくれたからです。星空をすみかとする神様たちが、それを見落とすはずはありません。

それから三人で、ずっと以前にしたように、星空を見上げました。秋の星空はほんとうにきれいです。天の川が近くの渓流のように見えました。

「ほんとうに神様のおっしゃった通りだわ。下る道があると、また昇る道がある、だからマルもホシもお星様になるのね。」

「そうだよ、それがホシガラスの運命さ。」

　ホシは笑いました。そしてこう付け加えました。
　「昇ったら、もう下るしかない。だからまた下ってくるよ、この世界にたくさんの楽園を作るために。」
　「ボクも下ってくる、せいしんをにくたいにするために。せいしんはそれだけだとさびしいんだって。」
　マルも笑ってこう言いました。
　明け方の気配が近づくまで、三人で星空をじっと見ていました。
　そして明け方の穏やかなそよ風が吹き始めるころ、ホシとマルはゆっくりと空に昇っていったのです。
　クラは夜が白むまで、じっと星空を見上げていました。

（終わり）

前野佳彦（まえのよしひこ）略歴

1953 年　福岡県生まれ
1984 年　シュトゥットガルト大学哲学部博士学位（Dr.phil.）取得
　　　　　哲学者（制度論・記号論・現象学）

専門分野の著書・訳書は長年にわたり多数あるが、児童文学関係の仕事としては以下
のものがある。

『ひかりの子供たち ─ロラとサオリの物語─』2017 年
『星の王女さま』（ピーター・ズーリング著、前野みち子と共訳）2017 年
『クラとホシとマル ─お花畑ができるまで─』2018 年
『海に向いた絵　─ 悼む人たちへ─』2018 年
『長い長い旅 ─ 宇宙童話 ─』2018 年
『サバンナの仲間たち ─ わたしたちの故郷への心象旅行 ─』2018 年
『縄文杉物語─神様の取り替え子との植樹祭─』2019 年
『日本の風景─神々と精霊とわたしたち─』2019 年
『はじめての山登り─ おひさまが生まれる場所 ─』2019 年
『色はいろいろ　─ はじめてのおえかき ─』 2019 年

クラとホシとマル　─ お花畑ができるまで ─　　ハードカバー版
Kura, Hoshi & Maru ── Making of a Flower Garden ── Hardcover Edition

2019 年 12 月 12 日　第 1 版發行	1st Edition Published on Dec. 12, 2019
絵と文：前野佳彦	Illustrations & Story by Yoshihiko Maeno
発行人：深沢武雄	Published by Texnai, Inc.
発行所：株式会社テクネ	6-3-100 Tamagawa-gakuen Machida-shi, Tokyo, Japan
東京都町田市玉川学園 6-3-100	Tel: 044-863-9545　Fax: 044-863-9697
Tel: 044-863-9545　Fax: 044-863-9697	e-mail: info©texnai.co.jp　http://www.texnai.co.jp/POD
e-mail:info©texnai.co.jp　http://www.texnai.co.jp/	
印刷　：Ingram Lightning Source Inc., USA	Printed by Ingram Lightning Source Inc., USA

©Yoshihiko Maeno, 2019
ISBN 978-4-909601-57-5

はじめての山登り
―おひさまが生まれる場所―

POD ハードカバー版
216 x 216 mm　2019 年刊
206 頁 挿絵 45 点 カット 45 点
ISBN: 978-4-909601-62-9
Kindle 固定レイアウト版 258 頁

　トモコとアキラは、小さな、しかし「立派な産業都市」に暮らす小学生の姉弟です。低い小さな山が海際にあって、街はその山から流れてくる川沿いに広がっています。産業都市ですから、山は工場の煙突の向こうに見えています。山の頂上は「市民のいこい」のための森林公園になっていて、そこは小学校のお絵かき遠足の場でもありました。日本のどこにでもあるような日常風景です。ところがここに落とし穴がありました。（筆者）

日本の風景
―神々と精霊とわたしたち―

POD ハードカバー版
216 x 216 mm　2019 年刊
422 頁 挿絵 64 点 カット 64 点
ISBN: 978-4-909601-61-2
Kindle 固定レイアウト版　540 頁

かつて見た忘れられない風景というものは、きっと誰の心の中にも眠っていると思います。夢の中、また目覚めの静寂の中でふとよみがえる、そうしたありふれた風景が、どうして人に深い慰めをあたえるのでしょうか。そしてそういう夢うつつの、〈たまばなれ〉の中では、どうして神々、精霊たち、そして亡くなった大切な人々が、もうそれほど遠くに感じないのでしょうか。そういうとき、気配のようなもの、穏やかな優しい影のようなものが、あちら側からこちら側にゆっくり近づいてくることを感じるのです。（筆者）

縄文杉物語
―神様の取り替え子との植樹祭―

POD ハードカバー版
216 x 216 mm　2019 年刊
224 頁 挿絵 54 点 カット 53 点
ISBN: 978-4-909601-60-5
Kindle 固定レイアウト版　265 頁

もしもいま、普通の小学校に、南の島の神様にゆかりのある男の子が通ってきたらどうでしょうか。その子は神様の子かもしれません。神様の使いかもしれません。神様ご自身かもしれません。転校生の杉山君がミドリのクラスに来たその日から、不思議なことが続きます。でもミドリは、杉山君が木々とお話ししている姿を見ても、あまり不思議には感じません。それはミドリも、好きな草花と心の中でお話をすることがあるからです。二人はとても仲の良いともだちになりました。（筆者）

発行元：株式会社テクネ / 〒 194-0041　東京都町田市玉川学園 6-3-100　e-mail: texnai @ texnai.co.jp
販売元：amazon.co.jp; amazon.com　ハードカバー版の他にペーパーバック版　Kindle 版もお求めになれます。

サバンナの仲間たち
―わたしたちの故郷への心象旅行―

POD ハードカバー版
216 x 216 mm　2019 年刊
364 頁　挿絵 105 点
ISBN: 978-4-909601-59-9
Kindle 固定レイアウト版　485 頁

アフリカのサバンナは、もちろんわたしたち人類の故郷です。故郷である以上、時々里帰りしたくなるのは「人情」ですが、もうアフリカを出て五万年、あるいは七万年もたっているので、どうやって里帰りをするか、どうやってまだそこに生きているかつての仲間たちに「となりきんじょのごあいさつ」をすればいいのかということがわかりません。そこでその女の子が何を見、何を感じたのか、それはその仲間たちの証言を一つ一つたしかめながら、いっしょに体験してもらえればと思うのです。（筆者）

海に向いた絵
―悼む人たちへ―

POD ハードカバー版
216 x 216 mm　2019 年刊
40 頁　挿絵 17 点
ISBN: 978-4-909601-06-3
Kindle リフロー版

わたしたちの記憶のすべてが絵ではありませんが、それでも大切な記憶、たとえば最愛の人の記憶は、絵のような姿をとることがあります。そしてとりわけいとしい、永遠のすがたに近いそうした思い出は、なぜか浜辺の上の砂絵のように、生まれては消えていく、そういうはかなさをもっているように感じます。この絵本は、そういうはかない、しかし大切な思い出の絵をめぐる断章です。大切な思い出のはかなさを大切にするあなたに、この砂絵が、なにがしかの喜びと慰めを与えてくれることを願っています。（筆者）

長い長い旅
―宇宙童話―

POD ハードカバー版
216 x 216 mm　2019 年刊
184 頁　挿絵 43 点
ISBN: 978-4-909601-58-2
Kindle リフロー版

この物語は、ひかりがこのわたしたちのただ一つの宇宙でうまれ、いろいろと見聞を深めながら星々を旅する物語です。ですから長い長い旅で、この世界で一番長い旅といっていいかもしれません。それは百三十八億年も続いているからです（正確には、百三十八億年マイナス十秒くらいです）。ひかりは生まれたわけですから、さいしょはもちろん赤ちゃんで、それから子供になります。そういう子供たちすべての旅路を物語るとすれば、それは百三十八億の、百三十八億乗くらいの原稿用紙と画用紙が必要でしょう。（筆者）

発行元：株式会社テクネ / 〒 194-0041　東京都町田市玉川学園 6-3-100　　e-mail: texnai @ texnai.co.jp
販売元：amazon.co.jp; amazon.com　　ハードカバー版の他にペーパーバック版　Kindle 版もお求めになれます。